U0107212

沏：
茶的奇遇

INFUSED
Adventures
in Tea

〔英〕亨丽埃塔·洛弗尔———著　胡敏———译

花山文艺出版社

河北·石家庄

图书在版编目（CIP）数据

沏：茶的奇遇 /（英）亨丽埃塔·洛弗尔著；胡敏译. -- 石家庄：花山文艺出版社，2024.2

书名原文：Infused:Adventures in Tea

ISBN 978-7-5511-0527-9

Ⅰ.①沏… Ⅱ.①亨… ②胡… Ⅲ.①游记—作品集—英国—现代 Ⅳ.①I561.65

中国国家版本馆CIP数据核字(2023)第214054号

河北省版权局登记冀图登字：03-2023-120号

Copyright © 2019 by Henrietta Lovell
'True Stories' copyright © Margaret Atwood, 1982.
Reproduced with permission from Curtis Brown Group Ltd, London, on behalf of Margaret Atwood
Text and images © Henrietta Lovell
Tea bill image © The Bute Archive at Mount Stuart.

书　　名：沏：茶的奇遇
QI: CHA DE QIYU

著　　者：[英]亨丽埃塔·洛弗尔

译　　者：胡敏

责任编辑：梁东方

装帧设计：尚燕平

美术编辑：王爱芹

出版发行：花山文艺出版社（邮政编码：050061）
　　　　　（河北省石家庄市友谊北大街 330 号）

销售热线：0311-88643299/96/17

印　　刷：天津联城印刷有限公司

经　　销：新华书店

开　　本：880 毫米×1230 毫米　1/32

印　　张：10

字　　数：176 千字

版　　次：2024 年 2 月第 1 版
　　　　　2024 年 2 月第 1 次印刷

书　　号：ISBN 978-7-5511-0527-9

定　　价：72.00 元

（版权所有　翻印必究·印装有误　负责调换）

不要追问什么真实的故事；
为什么要听呢？

出发前我没有什么真实的故事，
也不想带什么真实的故事。

我带着的，
是一把匕首，是蓝色的火苗。

是运气，是几句仍然管用的良言，
还有潮水。

　　——玛格丽特·阿特伍德《真实的故事》

序

　　从马拉维的希尔高地出发，穿过喜马拉雅山麓，来到中国武夷山的隐秘花园，我横跨半个地球，只为寻找最特别的茶叶，也就是茶树的叶子。除了茶叶，我还寻找稀有的草药和花卉，我在西班牙找到了淡淡的马尔科纳杏花，在南非塞德堡的半干旱沙漠找到了铁锈色的博士茶。

　　我从未停止过寻觅的脚步。2004年，我在伦敦创办了一家小型私营茶叶公司——稀有茶叶公司（Rare Tea），分享我在世界各地的发现。这些年来，我一次次地倾心于寻觅到的茶叶。我很善变，但绝对忠诚。我从未丧失过爱的能力。我不知道我是怎么做到的。一旦倾心于某样东西或某个人，我就会无法自拔，我会不断地回头，直到永远。

　　不用拜访农户、参观茶园的时候，我会出门去见客户。我因此去过好几家高档的饭店。我走进凉爽的餐厅，从铺着平整桌布的餐桌间穿过，踏进充斥着热气的喧嚣的后厨，见到了世界上最好的大厨。茶叶让我有机会认识了建筑工人、文身师、教师、演员、运动员、香料商、旅馆老板、酒侍、咖啡师、渔民、飞行员和调酒师。我与他们交上了朋友，建立了合作。我的生活被寻觅、调制和分享我能找到的口感最好的茶叶所占据。而一路走来，这些经历也给我带来了不少麻烦。

我在这本书里记录的是我在觅茶时的冒险经历。我希望它能够吸引你，让你也慢慢地爱上散装茶。我不是在以客观的视角写一本茶叶专著，而是在记录极具个人色彩的文字。这是与我有关的茶的故事，而不是关于茶的故事。是什么真正给予了我力量，指引着我一路走来，这是我希望与你分享的。我有太多的东西想要分享，你可以把这本书看作我在吐露心事，分享心爱之物。

单枪匹马地在一个完全陌生的国度闯荡，语言也不通，这听起来有点儿吓人。但有了初次的冒险经历后，你会发现情况有可能恰恰相反。在陌生的国家，你拥有绝对的自由。没人认识你。你什么都不懂。没人对你抱有期望。因此，什么事情都有可能发生。

我下定决心，我的人生必须开始冒险。我不敢说这种执念是否激发了我对茶的热爱，但它确实让我爱上了茶。经常有人问我，这到底是怎么回事，我怎么就成了茶女郎。他们真的这么叫我。卖茶是我的工作，茶女郎成了贴在我身上的标签。我从事这一行已经很久了，我几乎忘了之前的生活，也忘了自己是在哪里入的行，又是在哪里一度事业停摆。还有太多的茶叶等着我去了解，等着我去发现。我才刚刚起步，尽管时间在我身后匆匆流逝着。转念之间，我常常会惊讶地发现，我已经冒着风险走了很远，走过的路已经消失在一丛丛茶树间。

在卖茶之前，我曾供职于一家大型跨国公司，日常工作就是写写财务报告。我知道，这份工作听上去还不错，是吧？股东报告、IPO招股说明书和并购协议，这些都不是适合晚餐时间闲聊的话题。我本打算干点儿别的，干点儿我可以引以为豪的事情，也许是开一家茶叶公司，但不会那么快。后来我父亲得了癌症，他那时才六十五岁，对未来还有期许。

我离开纽约回到了伦敦的家，去医院陪护他。我常常蜷缩着趴在他的床尾。当我低下头，父亲会抚摩我的头发。很快，癌细胞扩散到了大脑。我们互换了角色，我坐在病床边，抚摩父亲的头发。在父亲艰难地咽下最后一口气的那个下午，皇家马斯登医院上空下起了电影特效般的鹅毛大雪。父亲在确诊后不到三个月就去世了。我决定不再返回公司继续以前的生活，我不想再拖下去了，于是一头扎进了茶的世界。

两年后，我自己也得了癌症，当时我才刚创办稀有茶叶公司，这无疑让我意识到，我没有时间可以浪费了。

在跨国公司工作的几年，我积累了不少经验。我的工作需要满世界跑。我知道如何把事情办好，也知道自己不想做什么样的生意。我不赞成任人唯亲，不赞成只招校友，也不赞成把职业操守排在股票价值之后的惯常做法。我想亲自做一些对人们的生活有实际意义的事情。我再也不能被动地坐在观众席上，低头看着舞台上的表演。我直接找到农户开展工作，深入他们的家庭，了解他们的生活，尽我所能为他们提供帮助；离开灰蒙蒙的走廊，离开那些堆满了纸却没有窗户的房间，去往富有朝气的地方，那里有蜿蜒的山路、翠绿的茶园和蔚蓝的天空。

很多人以为，我会从经销商那里购买茶叶，把它装进茶包里，再精美包装一番，接着便把重心放在公关和营销上。可那样做的话，哪里会有什么冒险可言呢？让我着迷的是可爱的茶叶，可不是什么老土的包装袋。我亲自去寻找最好的茶叶种植园，并直接进行交易。这让我接触到了复杂的全球海运系统，我没有采购团队的帮助，也没有运输部门的支持——一开始没有任何助力。我必须在茶农和客户中间开辟全新的市场通路。在2004年，英国很少有人熟悉散装茶。我的冒险计划当然不会建立在对常识的漠视上。

目录

第一章

苏格兰西南部·索尔维湾

　　一段时间以来，关于茶的梦想一直悄悄地在我心里酝酿。这个梦想是在一位高贵的老妇人戴安娜家的客厅里萌生的，她住在苏格兰西南海岸附近的一座灰色花岗岩房子里。那时我大概五六岁，会端杯碟了。戴安娜讲述印度故事时，茶被倒进易碎的骨瓷杯里，被隆重地端上了桌。被递上如此珍贵的东西，我又惊又喜。我本可以张开薄薄的嘴唇，用小牙齿把茶叶咬碎。但那是大吉岭茶，大吉岭在很远很远的地方，而我在苏格兰竟然就能喝到那里的茶。于是我小口小口地品尝着大吉岭茶的味道，茶壶上缠绕着闪闪发亮的琥珀绳。热气从茶叶间冒出来，它们采摘自有猴子在那里荡秋千的烈日炎炎的山坡，而我向外望到的则是阴冷的山坡上未经修剪的草地和羊群。

　　每逢放假我们都会去邓弗里斯郡，我们家族在那里有宽敞的空地，方便我们这些总被关在家的伦敦小孩儿恣意撒欢儿。我祖父母居住的村庄叫比斯温，与伦敦南部破旧的有台阶的街道相比，那里简直就是个童话般的世界。坐了八个小时的车后，我们会从乳蓝烟雾缭绕的车里鱼贯而出，去找一个农场，去找一群舌头粗糙、耳朵后面有柔软褶皱的小牛，去找一片长满潮湿蕨类植物的树林。我们会去亲戚家喝茶，挨个儿拜访。小孩子会被打发到雪地里玩耍，或者去采醋栗、覆盆子或野草莓，在与我们的头顶齐高的欧洲蕨丛里露营。大人们会一起喝茶，一直喝到该喝威士忌的时候。

去戴安娜家，情况就不同了。我们会穿上最好的衣服，用刷子把指甲刷干净。在别的亲戚家，我们可能得喝橘子汁，茶是留给大人喝的。但是在戴安娜家，到了喝茶时间，就只能喝茶。在戴安娜看来，下午茶时间，除了喝茶，喝什么都是可笑的。她会给我们每人一块蛋糕，同时递给我们一杯茶。现在我的耳畔还会响起杯碟碰撞发出的嘎嘎声。我很担心自己会不小心把茶洒在客厅淡蓝色的地毯上或者淡黄色的沙发上。我暗自对戴安娜又敬又怕，她说话有些傲慢。她有只灰色的非洲鹦鹉，会模仿她的声音，它就站在餐厅的窗户上，看着窗外车道上被轧得嘎吱作响的石头。

下午茶是用一辆银色的手推车送进客厅的，精致的杯碟上有手绘的花卉图案。我知道戴安娜家的厨房里还有一套茶具。那是我最喜欢的一套茶具，绿色的龙绕着杯身互相追逐。只可惜，那套茶具是早餐时用的。要求用早餐茶具喝下午茶是会被人笑掉大牙的。

戴安娜总是为我们泡大吉岭茶。她是拉吉的女儿，在印

沏：茶的奇遇

度长大。夏季比较炎热的那几个月，她就去茶乡凉爽的山区避暑。她喝茶不加牛奶，我也学她。大吉岭茶是金色的，透着花香，略含苦味，有种属于成人的和异域的风情，我很喜欢喝。我喜欢它就像喜欢威士忌一样。这种茶的异国风味是专为大人们准备的。我们家族的每个小孩儿都被期望有朝一日能自己端茶递水，前提是大人们相信我们不会把茶汤洒出来。但我从未想过要喝掉一整杯茶，我通常只抿一小口，作为对自己付出的努力的回报。

对我来说，身为一个小女孩，被允许喝上一杯茶是件很不寻常的事。我小心翼翼地喝着，静静地坐着，等着被打发到花园里摘水果，或者在冬天的时候到炉火前的地板上看印度图画书。

我穿着漂亮的连衣裙，裙子上的褶皱弄得我的腿发痒。我的大腿上放着茶杯、碟子和一盘蛋糕，还得小心护着不打翻，真是痛苦的折磨啊。虽然蛋糕味道不错，可我还是想快点儿把它吃掉，好让它不碍事，我好集中精力喝上一小口茶。茶里有老虎和大象的味道，有戴着明亮珠宝和丝绸头巾的男人的味道，有青山和冒险的味道。

　　一直到快三十岁的时候，我才犹犹豫豫地真正喜欢上喝茶。我记得那时喝的是乌龙茶，是我到香港出差时在港口的一艘舢板上喝到的，茶的清香至今还留在唇边。夜晚的城市在霓虹灯的闪耀下在我眼前铺展开来，黑乎乎的海水寂静无声，倒映着璀璨的灯光。我喝的乌龙茶是"铁观音"。自从那天晚上"她"第一次用卓尔不群的品质征服了我，就把我带上了许多次冒险之旅。我自此陷入一场美妙的追寻之中，无法自拔。

　　从离开戴安娜家到去香港之前，我喝过的那些茶，我都不记得了。我原以为所有的茶都大同小异。我早已淡忘了戴安娜，她已去世多年。我也淡忘了坐在窗台上的那只灰色鹦鹉，还有大吉岭茶。但喝了一口乌龙茶之后，所有的记忆又涌上心头。我清楚地记得那个时刻，尽管身边有港口的灯光，有闪耀的高楼，我却发现自己仿佛身在别处——撅着屁股坐在淡黄色沙发的边沿。我深深后悔这些年自己错过了那么多快乐。

　　你知道这种感觉，就好像重新找到了一本你很喜欢却早已遗忘的书，或者一部几十年没看过的精彩电影，又或者是一首歌，快乐如潮水般涌来。我不只是忘记了这首歌，还忘记了曾经的乐队。

从那以后，茶就成了我的配乐、我的故事。我不喝茶的时候也会梦到茶。它就在我身边，是我最忠实的伴侣。我无法忍受早上起来没有茶喝，更不用说一整天都喝不了茶。喝不了茶对我来说是一种无法忍受的折磨。自从发现了真正的好茶，我就有了这种感觉、这种痴迷。那感觉就像意识到咖啡不仅仅是速溶颗粒一样；就像你在只知道有机器生产的汉堡时却品尝到了牛排；就像吃了一辈子用塑料包装的橙色奶

酪片之后吃到了一大块"林肯郡偷猎者"奶酪，吃到了一片布里干酪或一片帕尔马干酪。你根本无法将一大杯工业生产的袋泡茶与一杯手工采摘、手工制作的散茶相提并论。

这一场景就发生在香港的一艘舢板上。在接下来的几年里，我着手调查和走访。我去了世界上最大的产茶区，也去了一些被遗忘的小茶区，还在寻找新的茶叶产地。我去找茶农、茶厂厂长、专家、采茶师傅和采茶工人聊天，我去找茶馆经理、女服务员和几乎所有我能找到的以茶为生的人聊天。现在我也以茶为生了。我是多年之后才步入这一行的。我也曾犹豫过。在苏格兰，有人说我无事瞎忙。我浪费了太多时间。

在旺兹沃思公地的雪变成雨的时候，我们把父亲安放在了一口用纸板做的棺材里。根据他的遗愿，我把棺材做成了他一生钟爱的品牌香烟的样子。纸板是深红色的，我仔细地涂上了清漆，还用金箔镶了边。站在他的墓前，我决心不再瞎忙活了。我要一头扎进茶的世界。

第二章

中国福建·福鼎

所有的茶叶都来自茶树丛，如果放任不管，茶树就会杂乱生长，树枝变得过分细长。茶叶生长在何处、被如何照料、何时和如何采摘，最重要的是如何制作，决定了它将成为什么样的茶。用同一片叶子，你可以沏出白茶、绿茶、乌龙茶、红茶或普洱茶。普洱茶[①]是发酵而成的；红茶需充分氧化，以激发出丰富的单宁；绿茶只需轻微加工，以突出更细腻的植物味道；乌龙茶的加工程度巧妙地介于红茶和绿茶之间；但白茶……白茶的制作工序最少，只需干燥，茶叶原封未动，因此保留了新鲜茶叶最柔和的口感，滋味清淡，有草香。

白茶是茶叶家族中制作工艺最原始的品种，是我寻访茶叶之旅的起点，也是我每天醒来后的床头茶。床头茶当然可以指在床上喝的任何茶。你可能会想到在冬天寒冷的周日午

[①] 此处指普洱熟茶。——编者注

后看书时喝的茶。一杯热茶贴在你的胸口，床头灯照亮整个房间，黑暗便消失了。毫无疑问，这是喝茶的好时间。我说的床头茶则指早上的第一杯茶，那杯你拿到床上喝的茶。如果幸运的话，你则有机会享受送到床头的茶。你半闭着眼睛，静静地喝着那杯茶。一大早，相比蓝瓶咖啡，还是热茶更得我心。

我喝的床头茶几乎全是白毫银针。当然，我也会喝别的白茶。我不会总是在同一个地方、同一个国家、同一张床上醒来，但我在家的时候，早茶喝白毫银针是我最大的愿望。我住在有钟塔的教堂附近，古老的钟每小时轻轻地报时一次。

沏：茶的奇遇

我会在轻柔的钟声中及时醒来，在被闹钟打扰之前关掉它。

水壶放在厨房的水龙头旁边。我会把里面的水倒空，清空氧气，再装上与茶壶容量相当的水。水流进水壶时我根本不用看；我接过很多次水，知道什么时候该把水龙头关掉。除非是隆冬时节，天空一片漆黑，否则我连灯都不会开。我有一个可以控制水温的水壶，可以把水温调到想要的温度，但我现在非常熟悉水的声音，能听得出它有没有达到理想的温度。

当水壶嘶嘶作响时，我会把茶叶舀进手心里判断下量，同时感受它们柔滑的银芽，然后将它们放进茶壶中。接着我会把茶壶和茶杯一起放在一个绘有白桦树的小托盘上。我会在那儿站着等一会儿，低头看我踩在白色地板上的脚，但我的眼睛在判断，耳朵在倾听。等水达到理想的温度时我自然会知道，我会把它倒进茶壶里，然后端着托盘回到床上。

我会倒半杯茶，双手捧起杯子，把它贴近脸，呼吸茶叶的清香，然后细细品尝。修剪过的青草和晒过的甘草发出的香气会让我想起福建的山区，想起福鼎镇，想起竹架子上晾晒的新采摘的茶叶的香味。我呷着热茶，心不在焉地凝望着屋顶和天空。鸟儿们从天空中飞过。

寻找白毫银针茶是我的第一次觅茶经历。在中国东南部福建省的高山上，每天早上我都会回到起点。要去全世界最著名的白茶产地福鼎的茶园，你必须经历一段仿佛穿越时空的漫长旅程。我第一次去那里还是21世纪初的时候，那条路有些年头了，而且异常曲折。

在正式卖茶之前，我因为工作关系曾去过中国，当时中国才刚开始进行改革开放。我有机会去了那些以前只在书里见过、不可能亲自去的地方。

假设你对葡萄酒很痴迷，你查阅了你能找到的所有相关的书，你不停地与你设法认识的每一位葡萄酒专家交谈，但是你从来没有亲眼见过葡萄藤，因为法国发生了一场革命——这并不难想象——边境已经关闭了一个多世纪。你或许去过巴黎，但在长达几代人的时间里，要游览乡村几乎是不可能的事。名声远扬的香槟和波尔多葡萄园只是传说罢了，而卢瓦尔河谷也只是天方夜谭。古老的技术和工艺听起来像无稽之谈，因为它们与时代已经渐行渐远。

然后，政府的态度开始缓和，人们得以去乡村寻访葡萄酒的产地。假如此时你碰巧在法国工作，突然间你可以租一辆车，破天荒第一次开往香槟区。这简直不可思议。其实，大多数明智的人仍然认为这是不可能的。但如果你真的去了，一切都在等着你去发现。

这就是我第一次去福鼎的经历。虽然那条路如今仍然坑坑洼洼，但我已经很熟悉了，相比之前，现在已经好走多了。

我前一天先去了厦门。厦门是"文革"后第一批被批准设立经济特区、与西方进行贸易的城市之一。它成了全球某些顶级茶叶的新航运港，而这些茶叶在很长一段时间里都没有销路。与当时的许多中国城市一样，厦门缺乏城市规划，用钢铁、玻璃混合搭建的巨型塔楼和破破烂烂的混凝土楼房与一条条晾衣绳挤在一起。宽阔的高速公路蜿蜒而过。夜晚城市被霓虹灯照亮，白天它则被灰尘和烟雾笼罩。无论白天还是夜晚，汽车的喇叭声和爆破声都响个不停，听起来像是在打雷，其实是在拆除旧楼，为高楼腾地方。

第二天，我去了福州，准备从那儿转道去福鼎。我租了一辆车，可我不会开。我雇来开车送我去福鼎的那个人留着玩乐队的男孩常见的发型，看上去比实际年龄小。他开车时在听收音机里播放的流行歌曲，声音很刺耳。我让他关掉收音机——因为我们语言不通，所以我做手势示意他——结果从后视镜里看到他生气地瞥了我一眼。接下来还有四五个小时的车程，他的怒气渐渐消散，很快就轻轻地哼起歌，打破了沉默。

车越爬越高，灰色的尘土被满眼的绿色所取代，空气变得清新。离开城市的过程就像在时间机器里如蜗牛般缓慢爬行。随着时间的流逝，喧嚣和混乱逐渐退去，我觉得自己仿佛穿越了千年，穿过了稻田和竹林。

茶叶原产于中国，生长在高海拔地区，就像可可生长在安第斯山脉一样。山上的梯田里长满了浓绿的茶叶。采茶工人正在采摘春茶，他们艰难地穿梭在茶树间，行动缓慢。他们戴着竹子编的帽子遮挡阳光，几千年来一直如此。放眼望去，我无法确定自己身在何处。那里没有电线。

城镇街道两旁都是小型茶叶加工作坊。人们背着装满

新鲜茶叶的大竹篓穿梭于狭窄的小巷。透过敞开的门，我望向没有灯光的室内，看到茶叶在架在炭火上的锅里翻滚着。女人们坐在门口，从茶叶里挑选嫩芽，就是我一直在寻找的银针茶。我随身带有写着中文的纸片，我把其中一张递给一个女人看，她好奇地抬头打量我。她点点头，笑了笑，飞快地说了什么。我示意司机过来，司机在她面前蹲下来，听她说话。他向她道了谢，然后我们回到车上，朝她指的方向开去。

我们沿着两旁种着茶树的蜿蜒山路来到一座圆形小山的顶上，山顶上矗立着好几栋用木头和混凝土建造的房子。司机停下车，在驾驶座上转过身来盯着我，但什么也没说。我下车向外望去，看到连绵不绝的茶叶梯田向四面八方伸展开去，一直延伸到地平线处。人们三五成群地散布在茶树间。我在明媚的阳光下眯起了眼睛。一个男人从房子里走了出来，约莫四十多岁，个子很高，穿着T恤和牛仔裤。我把

第二张纸递给他，希望他明白我很想亲眼看看银针茶的采摘过程。他一边看一边郑重地点点头，之后抬眼看了看我，用手捂住嘴巴，好像欲言又止，然后他示意我跟他走。从那时起，我们就一起干活儿了。

他把我带到了采茶工人那里，带我在他们中间走来走去，观看他们熟练地采茶。最好的茶叶要用灵巧的手而不是野蛮的机器采摘，它们通常来自两片叶子和新萌发的嫩芽，这些嫩芽如果不采摘就会长成叶子。银针茶的采摘则不同，只需一个步骤，即小心翼翼地将嫩芽剥离即可。这些新长出的嫩芽只有几厘米长，采摘自嫩梢的顶端。

白毫银针茶简称"银针茶"，但我更喜欢叫它"白毫银针茶"，听起来更柔和。茶芽是在早春一个持续五天左右的窗口期采摘的，具体时间通常在3月20日至4月5日。此时的茶芽像是含苞待放的花骨朵儿。我看着它们被最有经验的采茶工人辛苦地采摘着，这些采茶工人大多是老人，笑起来的时候脸上布满了深深的皱纹。只有女人们会羞涩地朝我微笑。当时正值新千年之交，我穿着一身红衣，像中国新娘一样，看起来一定很古怪。男人们都刻意地和我保持着距离；有几个年纪大一些的好奇地盯着我看，一脸茫然。尽管我的身高只有约一米六八，却比他们中的大多数人都要高。

到了午饭时间，大伙儿都回到了农场，围坐在竹制的圆托盘前。我们吃的是糖水煮鸡蛋，喝的是倒在高脚杯里的茶汤，茶叶是前一天采摘后晒干的。银针茶贴在杯子内壁上，遇水时落下淡绿色的水滴。待倒入的水徐徐上升，如丝般柔滑的茶叶便会缓缓沉入水中。

采茶工人一边轻声细语地聊天，一边筛选着新采摘的茶芽，剥掉多余的叶子或茎秆，这在城市里似乎是不可能发生的事情。然后，他们会把银针茶放在下午柔和的阳光下晒干。他们将长长的竹筐放置在能捕捉到最佳光线的地方，屋顶、小路和露台上都铺满了茶叶。太阳落山时，茶叶会被端进屋里，竹筐叠得像双层床一样。碰到某些年份，如果空气很潮湿，可以烧柴火把茶叶烘干，烘干的茶叶多了一股淡淡的烟味。

我第一次来茶园的时候，夜空晴朗，繁星满天。夜幕降临时，茶园像褪了色的丝网一样悬挂在我们面前，我们坐在月光下喝着芬芳的茶，感受茶园的寂静。

2016年，中国科学院的考古学家分析了汉景帝（公元前141年驾崩）墓中的植物物质，发现了世界上最古老的茶叶。根据大多数说法，这位皇帝宽厚仁善，不仅降低税收以减轻穷人的负担，削弱贵族的权力，还缩短了刑期。考古学家发现，汉景帝的陪葬茶正是白毫银针茶。这种茶非常珍贵，颇得这位开明皇帝的垂青，甚至到了无茶不欢的地步。就像我一样，根本离不开茶。

银针茶是我在化疗期间唯一能喝的茶。当时我的胃对在血液中晃荡的有毒化学物质反应激烈，而银针茶足够柔和，不会让我觉得恶心。那是我唯一能下肚的东西。

　　绿茶通常被认为比红茶更适合饮用，因为绿茶的加工程度较低，保留了较多的抗氧化剂。但其实白茶的加工程序是最少的，营养成分也是最多的。白茶不仅被用于制作护肤霜，在澳大利亚还被作为治疗皮肤癌的药物进行研究。我不知道白茶究竟有多好，我只是个卖茶的，不是科学家。但我喜欢白茶，它能让我的心情变得很好。

　　对健康有好处，这个优点当然很吸引人，但最先吸引我来到福鼎这个传说中的茶乡的，是白茶那令人难以置信的味道。你可以买到袋装的工业白茶；你也许尝过用丝制合成网袋装的白茶，或者喝过散装白茶，觉得我是个骗子，因为这种白茶既不甜也不好喝。其实，白茶的等级和白葡萄酒的等级一样多。它来自茶树的新叶，通常不在春天采摘。而且，并不是每个茶园产出的白茶都一模一样。

茶树一年到头都在不断地开花，但只有第一批新叶承载着春天的甜蜜。在寒冷的冬天，茶树处于休眠状态。其在夏季积攒的所有糖分都储存在根部，以撑过那几个漫长、黑暗的冬月，等待春天第一缕苍白的阳光。茶树会利用储存的糖分长出第一批新叶。因为这些新叶未经阳光照射就舒展开来，没有进行光合作用，所以它们还未将糖分转化为能量。这就是新叶甜得如此独特的原因。

有一次我去寻访银针茶，半夜在福建省一个偏远的小镇下了飞机。那个机场很小，亮着白光，地面、天花板和墙壁上都铺着白色的瓷砖。瓷砖都发霉了，霉斑的颜色已从黄色变成了褐色。我是一个人去的，与答应来接我的那位茶农素未谋面。我还是不会说中文，我们是通过电子邮件交流的，过程不是很顺畅。当那个穿着破旧西服的男人举着写有我名字的牌子出现在机场的时候，你可以想象得到我有多么欣喜。我向他走去时，他不停地向我身后张望，好像我挡住了他的视线。我瞥了一眼身后，想确定他在看什么，可我身后只有行色匆匆地穿过入境大厅的乘客。我走近他时，他的目光在我身上停留了一秒钟，然后再次越过我的肩膀往后张望。我越靠近他，他的目光在我身上停留的时间就越久。终于，他和我四目相接，他的脸沉了下来。我伸出手时，他才意识到与他联系了几个月的英国茶叶买家是个女人，失望之情溢于言表，以致握手时我的笑容让这个可怜的男人更加不知所措了。

你可能会想，从我的名字亨丽埃塔就该知道我是个女人呀。我也以为他会知道这是个女人的名字。可是，话说回来，为什么一个中国茶农就一定得认识英国人的名字，或者说认识外国人的名字呢？这和他所处的文化环境、所熟悉的语言文字有着天壤之别。虽然与西方人打交道的中国人给自己起英文名的现象越来越普遍，可那些名字我们也并非都认识。那些名字通常都是由一连串听上去很悦耳的英文字母组成的。如果你可以选择斯塔利当英文名，为什么要叫鲍勃呢？

我从来没有向这位茶农买过茶。他的英文名叫大卫，这名字相当无趣，但我没有因此而讨厌他。我没有在他那儿买茶，不是因为他不习惯和女人做生意，也不是因为他一开始曾表现出犹犹豫豫的心态。他发现我就是亨丽埃塔时，曾在我面前装出一副若无其事的样子。中国人在生意场上推崇任人唯贤，如果一个女人能认真做事，她就会受人尊重。这在文化上并非不可能，虽然确实不太常见。我希望我在公司董事会，或者在第一次尝试与日本人做生意期间，也能有同样的自由空间。

身为女人，我在中国遇到的唯一一把我难倒的事就是吐茶。茶园里的每间品茶室都放着一个痰盂，要么是带凹痕的旧黄铜痰盂，要么是崭新铮亮的不锈钢痰盂，就摆在品茶桌旁边的地上。痰盂的颈部很窄，口却很宽，所以不用对准其颈部就能很容易地把茶吐进去。吐茶用的痰盂，高度通常与人们的腰齐平。这样一来，品茶师就不必把含在嘴里的那口茶咽下去了，就像品酒师品酒时一样。如果说品酒师把酒吞下去会醉，那么品茶师把茶咽下去则会"上天"。没错，我说的就是上天。那是一种沁人心脾的味道，再加上茶中含有的咖啡因，会让你飘飘欲仙。

第一次来中国时，我品茶的时候怎么都吐不出来。看女人吐茶，通常是一件非常私密的事情。当时我被一群陌生男人包围着，他们都目不转睛地盯着我那张年轻、通红的脸，我不能接受自己做这样的事情。于是，我把那口茶又咽了回去。品茶结束时，我忍不住咧嘴笑个不停，我觉得自己可以在酒店房间的墙壁和天花板上任意行走——在飘飘欲仙的状态下，这有什么难的。那之后我好几天没合眼。茶和时差使我亢奋不已，我可能就像杰克·凯鲁亚克写《在路上》时那样，处于迷幻、狂欢的状态。我希望我写下的是一本颇受推崇的小说，而不是一堆乱码的电子邮件。

现在我学会了小心翼翼地吐茶，就好像这是世界上再正常不过的事情。但有些茶我必须咽下去，因为它们太好喝了，浪费了实在可惜。那些茶会让我想起某一株精心培育的茶树，想起某一次细致的采摘，想起某一处美丽的风景，也想起某一位制茶匠人的精湛手艺。若把这样得来不易的茶吐到一个有凹痕的金属痰盂里，真是太让我伤心了。但任何不够好喝的茶，我都会吐掉。有上百批茶等着我试喝，如果我屈从于自己的贪婪或分寸感，那就是疯了。不过，我吐茶时确实会背对着房间里的陌生男人。茶女郎必须保持一点儿神秘感，不让他们看到我吐茶的样子。

我从没买过大卫的茶叶，因为他的茶叶不怎么好。不是只有特定的产茶方式或茶叶品种才能产出味道最好的茶。茶叶或许有相同的名字，来自同一个产地，制作方法也可能大同小异，但味道不会完全相同。如果有一种茶，你只尝过一次，一定不要对它失去兴趣。如果只喝过一种白茶就拒绝所有的白茶，就像只喝过一种白葡萄酒，就认为所有白葡萄酒都不好喝一样。也许你不知道该买哪一种茶，不想冒太大的风险，或者你只喝过最容易买到的那种茶，不管出于什么原因，总之，你没有喝过味道最好的。等你找到了，你就会明白我的意思。

再说回我的床头早茶，我第一次喝的半杯白毫银针茶味道清淡，还没有完全泡开。我喜欢这种清淡的茶味，那银白色的茶是那么柔和、那么难以捉摸。我是用70℃的水泡的，所以茶不会太烫，可以马上就喝。那杯茶很快就被我喝完了。茶壶里还有，可以再倒满一杯，此时茶中那沾染了泥土芬芳的甜味更加浓厚。茶的味道更浓郁，我便更沉溺其中。

那是一种只有春茶嫩芽才有的甜味。银针茶从来没有让我失望过。每天早晨，我都陶醉在它那芬芳、清淡的香味中。

茶一喝完，我就清醒了，睡意全无。如果有时间，最惬意的事就是把茶叶再泡一遍，再回到床上喝。那样的话，水分会进一步渗入茶芽，直达茶芯。这个时候我的脑海里会浮现一些荒唐可笑的念头，会幻想一些稀奇古怪的冒险：把武夷山乌龙茶和尼泊尔手揉红茶混在一起喝会是什么味道？我们可以在美国沙漠的音乐节上沏茶喝吗？我可以骑摩托车从中国翻越喜马拉雅山脉进入印度吗？我会离开伦敦，住在湖边，躺在旧木码头温暖的木板上边喝茶边听湖水的拍打声吗？

我通常没有时间在床上喝第二遍冲泡的茶，总有一天我会有时间好好享受的。不过，喝第二壶茶的时间还是有的。我一般在化妆的时候喝第二壶茶，喝完才出门。茶杯上总是会留下猩红色的唇印。早晨在床上喝茶的那几分钟让我神清气爽，充满力量。出门前抿下最后几口茶，我会觉得没有什么事情是我搞不定的。即使最舒心的日子里也会发生糟心的事，但喝了上好的茶，我真的可以元气满满地迎接每一天。

冲泡白毫银针茶

每杯（150毫升）放入2克白毫银针茶就够了，放入2.5克也无妨。根据你的口味，用70℃~75℃的水浸泡

1~3分钟。

第二次浸泡，时间越短越好，因为茶芽已经软化，水分更容易渗透到嫩叶内。我有时还会再泡一次冰镇茶：先倒入凉水，等茶叶浮上来后捞出，再把茶倒进有盖的果酱罐里，放进冰箱保存。晚上回家后，我就能喝到一杯美味爽口的冰茶。

在阳光极少的冬日，起床后我的手会被冻得发白，我多么希望能有个温暖的杯子贴在胸前。于是，我会把水烧至80℃，并相应地减少茶叶的浸泡时间。

如果你想更详细地了解沏一杯好茶的步骤，请翻到本书的附录部分查看。

你也可以用酒来泡茶。现在似乎就是用鸡尾酒茶来庆祝的好时机。白毫银针马提尼是我的最爱：调制方法简单，味道可口，让我对茶有了全新的认识。

白毫银针马提尼

调制一杯鸡尾酒茶所需的原料和器具：

3克白毫银针茶，也可以用全叶白茶，比如白牡丹茶

60毫升优质的、干净的、纯粹的杜松子酒，比如一直很好喝的必富达金酒

冰块

鸡尾酒调酒器或果酱瓶

马提尼酒杯或细口酒杯

滤茶器

将白毫银针茶放入杜松子酒中轻轻摇晃，让茶叶浸入酒中。静候5分钟。

同时，在酒杯中倒入冰块，再加一点儿水，用来冷却酒杯。

在鸡尾酒调酒器或果酱瓶中加入冰块，将杜松子酒过滤后倒入其中，并轻轻摇晃。如果不想摇晃，可以用勺子轻轻地搅动杜松子酒和冰块，使酒茶慢慢稀释、变凉。我觉得这比摇匀的马提尼好喝，但对詹姆斯·邦德来说可不是这样的。那家伙长得帅，却是个生性粗鲁、厌恶女人的杀手。如果你摇晃杜松子酒，冰块会破裂，使得稀释过程不可控制且不够稳定，而那些碎冰块留在酒中会暗藏危险。轻轻搅拌即可，动作轻柔些。这样调制出来的酒茶才会更细腻。轻轻搅拌确实比快速摇晃更费时，但慢工出细活儿，还是值得的。

把酒杯里的水和冰块倒出来（果酱瓶或鸡尾酒调酒器里的冰块不用倒），将调好的酒茶倒入酒杯中享用。

茶的甘甜和青草味会与杜松子酒的植物成分完美结合。你不需要再加入干苦艾酒、苦味酒、橄榄或柠檬皮。两者的结合已经堪称完美：口感清新，相得益彰。

如果你为人慷慨，愿意与人分享，那就多冲泡些酒茶——在750毫升酒中加入25克茶叶，浸泡15分钟。

　　若想保存得久些，就要将杜松子酒进行二次过滤——先用滤茶器过滤，再用未经漂白的铺在漏斗上的咖啡滤纸过滤——两次之后能过滤掉细小的颗粒。只要你过滤得当，杜松子酒就能无限期保存下去，当然前提是不要动它，如果你能忍住不喝的话。

第三章

伦敦·克拉里奇酒店

　　医院里的床头早茶是装在软塑料杯里的，这种塑料杯本来是盛冷水用的，热水把杯壁烫得软塌塌的，杯子在手里几乎立不起来。早茶很淡，尝起来净是淡牛奶的味道。我喝不下去，也不知道自己的身体怎样才能好起来。做过手术后，我比以往任何时候都更需要茶。我得跳过这个话题。我知道听人絮絮叨叨地说病情会让人很厌烦，所以我不打算细说。但如果你愿意听的话，那就给我点儿时间，听我讲讲令人不悦的事情。当然你也可以跳过这几页，我不会怪你的。我想带你去的那个地方很美丽，道路也很曲折，这样的路，你不一定要走。

　　癌症会改变一些事情。它不仅能吞噬你的细胞和精力，还能左右你周遭的一切。

　　我第一次患癌症时，病情开始得很突然。癌症扩散得很快，我不得不在发现它几天后就开始化疗。那是在2004年，那时我刚刚创办稀有茶叶公司。我在中国签完第一单采摘合同，回来就被诊断出患有乳腺癌。我接受了化疗；接着是手术，我的身体发生了一些变化；然后是放疗。再接下来我接受了一种新的静脉注射疗法，当时英国国家医疗服务体系（NHS）没有提供这种疗法，是一位在美国的肿瘤学家朋友强烈建议我，如果想活下去就接受这种疗法。我必须支付几万美元才能开始治疗，而我根本没有那么多钱。我当时的合伙人帮我筹集了资金，多亏了陌生人的善心，我得以开始治疗。我努力争取NHS的资助，并且成功了。随后的五年里，我每天服用同一种药物并持续监测。破坏性的化疗解决了我的肿瘤，但也损害了我身体的各个部位，我还是没有康复。

这些治疗耗费了大量时间。那么多次检查、预约、候诊、治疗，然后又是更多次检查——我一直在接受治疗，身体已经有些吃不消。从鬼门关闯过来后，我向自己保证，我不会再不知好歹，也不会再失望或痛苦了。我只有三成的机会能活下来，我已经很幸运了，但我还是躺在床上哭了。我站不起来。我不知道该如何生活。我身体虚弱，就像一只瘦削的灰老鼠。刚开始的时候，我看起来还不错，颧骨突出，留着板寸，但在化疗期间要长时间保持时髦的状态是很难的。我在茶叶领域的事业还处于起步阶段。最初的商业计划让我失望透顶。我取得的成绩微乎其微，而我投入到这个计划中的所有积蓄都花光了。

但还算有些零星收获。我还有机会继续寻访之旅。我还有茶叶，那是我的救命稻草。我还有很多地方要去。我还有事业要完成。我可以去当茶女郎，我才不要当病女郎呢。

我终于又设法站了起来，我钻研业务的劲头更足了。最初几年，我确实感觉有点儿像到处碰壁。没有人想要散装茶叶。即便是非常体面的餐厅供应的茶叶，质量也是不好不坏。餐后喝杯咖啡，是再正常不过的事。咖啡机上面可能会有一包积满灰尘的袋泡茶，这是给少数茶饮爱好者准备的。不过，肯定没人会主动推荐它们。茶壶就更少见了。而在中国，即使是米其林星级酒店和豪华酒店，提供的也是袋泡茶。

我不得不开始寻找突破口。我建议餐厅供应比客人在家喝的还要好的茶叶，不要供应那种劣质的茶叶。就像如果他们提供的是速溶咖啡，也卖不了多少。我必须设法引起客户的注意，我必须打开一个不存在的新市场。要么我就得放弃所有关于茶的梦想，回去做我不喜欢的工作，只为了赚钱。患癌的经历让我得到了成长。有人曾说过，癌症绝对可以重新塑造一个人。这段经历让我重新鼓起了勇气，或者说让我不再害怕了。还有什么事会比患癌更让人糟心呢？

十年后，癌症卷土重来。那时，我的生活已经离不开茶了，生意也蒸蒸日上。突然之间，一切都显得那么脆弱。

请耐心地听我说，我要讲到精彩的部分了。

做完肿瘤切除手术之后，我带着几乎看不见的银色疤痕去了克拉里奇酒店。他们邀请我住在他们的酒店疗养，还留下了我带去的茶叶。NHS又一次救了我的命，当然，还要感谢医生出色的医术、辛勤的工作和仁慈，但我不想再待在医院了。我看上去很是狼狈，身上插着四根管子，每根管子都连着一个瓶子，从我的伤口引流体液。在一位好友的帮助下，我坐上了一辆黑色出租车。司机把车开得很慢，慢得像是送葬车，免得路上颠簸让我遭罪。

我走进酒店大堂时，酒店经理和他的下属都在那里迎接我，好像我是一位尊贵的客人。浑身插着管子弄得我很尴尬，我想把它们藏进裙子的褶皱里。他们假装没看见，轻轻地扶我进了电梯。克拉里奇酒店的电梯里放着一张沙发，方便客人坐下休息。

他们给我安排的房间是有原创装饰艺术风格的套房，它有两扇门，门牌号分别是116和117。我被领着四下看了看房间，既高兴又有些困惑。

（现在回来就好。）

康复期间，在克拉里奇酒店喝到的床头早茶是我喝过的最好的茶。

在一家豪华酒店醒来，在床上点早餐，这无疑是生活能提供给你的最奢侈的一刻。这是一种你可以沉溺其中的快乐。住在酒店，你不必从温暖的被窝里爬起来，什么都不必亲自动手。在家里，回到床上和半睡半醒的伴侣一起喝我刚泡好的茶，这让我心里有点儿失衡，就像一只小狗要和一只老狗共用一个篮子一样。而在豪华酒店的房间里，有人给你们端来茶，可以让你们在甜蜜的睡梦中待得更久些。

但也有个问题，那就是客房服务提供的茶并不是都很好喝。确切地说，大部分茶难喝得要命。最糟糕的是，他们端来的是一杯热水和一个茶包。服务员把托盘从地下室厨房端上来，穿过服务通道上电梯，然后沿着走廊来到你的房间。等你把门打开，这个时候水充其量也就是微温的状态。就算你急急忙忙地把茶包浸入水中，它还是会浮在水面上。你想用茶匙把它摁下去，可它又浮了起来。淡淡的茶液从茶包里渗出来，稍微给凉了的水上了点儿色。这杯茶几乎没什么味道，和大部分袋泡茶的味道差不多。

稍微好点儿的做法是在厨房把茶叶舀进茶壶，再倒满热水，然后把早餐托盘送到你的房间。这个过程中，茶一直在发酵。不过，一般来说，茶叶浸泡 90 秒的味道是最好的，所以你的茶可能会浸泡过度。你倒第一杯茶时，茶的精华可能已经被单宁所掩盖了。

单宁是茶叶中的一种类黄酮分子，它具有两种特性：苦和涩。涩味会让你嘴里产生干燥感，原因是单宁附着在了唾液中的蛋白质上，而这些蛋白质通常会起到润滑作用。单宁确实会让你的舌头变得干燥，但它们也会与其他蛋白质和脂肪结合，所以在茶中加入牛奶或者吃点儿涂了奶油的司康饼会减轻这种感受。

如果你加入牛奶来平衡茶里的苦味和涩味，这没什么问题。但牛奶是凉的，茶也放了很长时间，你再加牛奶，茶就变冷了。如果是绿茶，它在送到客房之前就彻底被毁了。

当然，还是有解决办法的。在厨房将干茶称重后放入茶壶中，再将热水倒入热水瓶中，使其保持理想的温度。然后，由客房服务员将它们端进房间，把托盘放在床头，从热水瓶里把一杯量的热水倒入茶壶。这样你就可以把茶泡到你想要的浓度了。有了热水瓶里的热水，你就可以一边享用早餐，一边往茶壶里加水了。这样一来，冲出来的每一杯茶都是完美的：热气腾腾，清香可口。无论你在哪儿住，都请用这种方式泡茶。我这么卖力地讲解，就是为了让你喝得开心。

我为克拉里奇酒店定制了这种服务方式。成为他们的茶女郎后，我冒险深入厨房，与厨师们打成一片。我看过所有的后台操作，但我从未想过我会亲自检验客房的床头早茶服务。

　　我第一次试探性地踏进克拉里奇酒店时，门童为我开了门，热情地微笑着对我说了声"下午好，夫人"，好像我出现在那里是再正常不过的事情。这就是这家酒店的魅力所在。没有人会上下打量你，也没有人会凭你脚上穿的鞋子来评判你。他们真的懂得什么是殷勤好客。

　　酒店大堂那蛋黄色的墙壁被明火照亮，灯光在方格大理石地板上投射出温暖的光芒。正前方是餐厅，顶部有一盏硕大的威尼斯玻璃吊灯，上面装饰着许多鲜花。下午茶的桌子已经摆好，餐厅里坐满了人，却不拥挤，从来就没有拥挤的时候。我在等人领我去见一见那位与我一起做项目的厨师。趁这当口儿，我观察了一下他们的服务。我不禁注意到茶叶

在茶壶里泡的时间过久了。我努力克制着不去管闲事，我也真的这样去做了，但还是没克制住。经理就在餐厅门口，我走过去向他打听泡茶的步骤。我随后解释了沏一杯好茶需要注意的事项，以及容易忽视的要点。他似乎很感兴趣，或许他只是出于礼貌罢了。

一位身穿西装的高个儿男士走到我身后，问我是不是亨丽埃塔·洛弗尔。他要带我去见厨师。我请他稍等片刻，让我把话说完。两位先生笑着顺从了我。我说完想说却不应该说的话，就跟着那位男士走了。穿过一扇小门，酒店公共区域的低调奢华就离我们越来越远了。灯火通明、铺着瓷砖的走廊上回荡着吱吱嘎嘎的响声，穿过走廊我们来到了厨房。厨房里嗡嗡作响，就像一个蜂巢，蜂群忙忙碌碌却充满生机。之后我们经过了一个无比宽敞的房间，里面到处都是花工、鲜花和花瓶，以及端着托盘匆忙穿梭的服务员，锃亮的钢制厨具闪着银光，穿着白色工作服的厨师们推着一车车的蛋糕。我跟着带路的男士穿行在酒店地下室迷宫般的通道里，这儿有点儿像佛塔下的兔子窝。

我跟在高个儿男士的后面，他把头转向一边，问我为什么不等到员工培训课再讨论茶水服务的问题，而在下午茶服务没结束时就指出来。我很庆幸他没有回头看到我脸红的表情。我的心一下子沉了下去。我显然是惹他不高兴了。

我知道我根本没有资格批评他们的茶水服务。我向他道了歉，并解释说我并不是酒店的员工。

他突然停住，转过身看着我。我身体后仰，到嘴边的话又咽了回去，支支吾吾不知该说些什么。他笑了笑，又转过身去，领着我顺着走廊往前走。我们来到了堆满闪着银光的陶制盖碗的行政总厨办公室，他说："我会把你引荐给厨师，不过我真的觉得我们在克拉里奇酒店的合作应该更密切才对。"说着，他把名片递给了我。眼前这位西装革履的高个儿男士原来是酒店的总经理。从那以后，我就开始为克拉里奇酒店供应茶叶，并关照茶水的方方面面，帮助他们轻松自如地追求卓越。成为他们酒店的茶女郎，让我非常自豪。

我没有显赫的地位，也没有巨额财富或很高的名望。但我还是来到酒店，被迎进了一间套房。我真是既入得了厨房，也住得了套房。我的两条胳膊几乎动不了，肯定提不起水壶，其实我也不需要提。这种体验太奇妙了，简直让我飘飘欲仙。因为服用了镇痛剂，我的脑袋本来就晕乎乎的，这下这种感觉更强烈了。

我收到了许多礼物，心情也好多了。其中有一小罐玫瑰味噌，还有一瓶从哥本哈根诺玛餐厅的蜂房运来的蜂蜜，是诺玛掌门人兼主厨雷纳·雷哲毕送来的。伦敦圣约翰餐厅的弗格斯·亨德森给我带来了埃克尔斯葡萄干小饼、鸽子蛋和香槟。面包师理查德·哈特从旧金山快递过来一整条自制的面包；他的孩子们给我寄来了他们心爱的恐龙冰箱贴，我很喜欢。另一个朋友耗费几个星期的时间分批煲好鸡汤，然后把鸡汤连同她菜园里种的水果和蔬菜寄给了我。稀有茶叶公司的同事给我送来了羊绒袜和红色唇膏。我意识到自己结交了不少真朋友。我投身茶叶事业的生活远比我想象的要丰富；那些在工作场合和我打交道的人，已经远不是同事或客户那么简单了。

克拉里奇酒店的经历让我记忆犹新，它比外科医生的手术刀还要神奇。我再也感觉不到手术带来的疼痛，尽管我可以用指尖触摸到那道银色的疤痕。如果我没有经历过手术，我就不会受到如此温柔的呵护。

癌症再次改变了一切。有些事情向好的方向发生了转变。我被迫休假，终于有时间去思考一些事情。我意识到我可以做更多的事情来支持跟我合作的茶场。我设立了一家慈善机构，将公司的茶叶销售收入按一定比例返还给茶场。此外，稀有慈善机构现在也设有教育奖学金。我自己则写了这本书。或许我也变得更加勇敢了，因为我意识到我并不孤单。当然，我的身体还很虚弱，但我身边有那么多善良的人，他们为我筑起了牢不可破的保护网，让我可以做到不气馁、不服输。

第四章

中国·贵州

第一天早上，一张友好、熟悉的面孔出现了，她轻轻地走进我在克拉里奇酒店的套房，拉开了窗帘。她伸出手臂温柔地扶我进了卫生间，趁我涂口红的时候，她给我泡了一杯白毫银针茶。我当时穿着一件粉色的缎袍，看上去面容憔悴，可我还是觉得自己像是大明星费雯·丽。身体的疼痛像诺福克郡的潮水一样消退了，这要归功于吗啡针和我一直在喝的茶。餐厅的行政总厨马丁·纳伊送来了一份美味的早餐，有熏三文鱼、炒鸡蛋和鳄梨，还配上了完美冲泡的翡翠绿茶——一种色泽明亮的中国绿茶，在春天时播种，秋天时采摘。

那天早上，因为早餐的缘故，我选择了绿茶，而不是我为克拉里奇酒店调制的更为传统的红茶。优质的绿茶很适合搭配油腻的食物，比如熏三文鱼和鳄梨。它能融化你嘴里的油脂，每一口都能提神醒脑。绿茶的甜味不但没有被食物盖住，反而愈加明显。绿茶的味道清新而细腻。茶杯是金色的，色泽淡雅，却质感十足。它的雅致与三文鱼形成了鲜明的对比。

我会一边喝这种绿茶，一边听古老的中国情歌。我能从中品尝出心碎的滋味，但这种心碎不是我的，所以它伤害不了我，除非我从中品出自己的心酸。我可以品味深刻的情感，而不需要咽下痛苦。

在中国西南部贵州省山区，我在一位老人的脸上看到过这种痛苦。我是在一个阳光明媚的春日下午偶然间遇到他的，当时我正漫步在一排排的茶树间，欣赏着梯田两侧的野玫瑰。黄色、白色、紫色的花儿纷纷在茶树间探出脑袋。小鸟跟随着我在小径上猛冲下去，叽叽喳喳地叫个不停。蝴蝶懒洋洋地在茶树树荫下飞来飞去。偶尔我会遇到三五成群的采茶工人在轻声聊天。一位脸蛋圆圆、白发整齐的老妇人正在拔茶树丛里长得最高的杂草，她抬起头来，看到我站在那里。她指着我笑弯了腰，仿佛我是溜进茶园的那个可笑的家伙，专门为了逗她开心似的。她的笑声里没有恶意，只是对我的行为感到好笑。我也笑了。她拍了拍手，朝我伸了过来。我们握了一会儿手，相视一笑。

我听到远处响起了音乐声。我为了寻觅好茶奔波了那么长时间，到过那么多地方，却从来没有听人播放过录制音乐。我听过人们唱歌——马拉维的朋友们在田野里放声歌唱，声音悦耳动听；在尼泊尔，妇女们分拣茶叶时会低着头轻柔地哼唱，沉浸在属于她们的小型音乐会中——但我从未听到过录制音乐。

　　我走近时，发现那音乐是从卡式录音机里发出的。然后，我看到了那位弯腰驼背的老人。他独自一人在干活儿，脸庞被一顶竹帽遮住了。他穿着一件褪了色的蓝色夹克，领口的纽扣一直扣到细细的脖子处，衣服松松垮垮地搭在身上。他所在的那片山坡上没有别人，他正在采摘新鲜的茶叶，慢吞吞却有条不紊。飘荡在梯田斜坡上的歌曲节奏缓慢，透着悲伤，听上去有些年代了。那既不是什么充满活力的流行歌曲，也不是歌颂共产主义的红色歌曲。从歌声和老人低垂的脸上流露的表情，我可以猜到那些歌曲与爱情和失恋有关。他落下了眼泪。他抬头望我时，眼睛里闪着泪光。

他那张被太阳晒得黝黑的脸上，布满了刺青般深重的皱纹。

我的不请自来打破了他孤独的悲伤。我已经习惯了别人惊讶和怀疑的目光。在中国，独自一人在偏远的茶园漫步的外国女性并不多见。大多数人见到我，都会羞涩地笑着往后退，或者被推搡着一脸惊恐地站在我身旁拍照。但这位老人只是抬头看了看我，那神情仿佛一直在等着我来。他悲伤地摇了摇头，继续手上的活儿。我在那儿站了一会儿，可他还是埋头摘着茶叶。音乐萦绕着我们，飘荡在稀薄的山间空气中。为了不打扰他，我快步向前走去，消失在他的视线中。直到音乐声越来越缥缈，快要听不见时，我才停下脚步。我嘴里嚼着一根茶梗，琢磨着那些歌词想表达的意思，但又不是真的想把歌词弄懂。

这些茶叶已经在茶园里种植了几千年，同样的品种种在同一片土地上，在同一时间采摘，再以同样的方式加工，如心碎的滋味般一成不变。

绿茶可以种在任何可以种植茶叶的地方，比如印度或非洲，斯里兰卡或泰国，甚至可以种在美国或新西兰的一些新型茶场，但我最喜欢的还是在中国种植的绿茶。最早种植绿茶的就是中国人。他们世世代代都在种植绿茶，这是他们非常擅长做的事。我一直以来喜欢的是全叶绿茶。手工制作茶叶，操作谨慎，费时费力，但这样既可保持茶叶的完整，又保证了茶叶的味道更清新、口感更顺滑，还带有一丝甜味。如果把茶叶碾碎，其化学成分会开始氧化，就像切开的苹果会变色一样，茶叶会变得发苦。

用机械加工过的廉价破碎绿茶会让你觉得恶心，还会打消你对绿茶的兴趣。把最低档的酒装进袋子里，它就成了淡而无味甚至苦涩的啤酒，这样的酒喝起来让人难以忍受，毫无快感可言。但好茶叶就不一样了，你能品出无数种味道：时而甜蜜、丝滑，时而浓郁、清亮，时而透着坚果味和花香，时而浓烈中带着奶油味。好茶叶的气味还非常清新，就像刚摘下的豆荚被剥开后豆子散发的香气，也像水分饱满的草茎散发的气味。

冲泡绿茶

每150毫升水中加入2克茶叶。

如果你喜欢轻泡，那就将水加热到70℃，然后浸泡大约90秒；如果你想让味道更浓些，那就加热到80℃，然后浸泡大约2分钟。水温上升10℃，茶叶多浸泡30秒，口感就会大相径庭。你也可以用烧开的水，但倒水时动作要快——在那个温度下只要几秒钟茶叶就会释放出香味，如果动作太慢，味道很快就会变苦。

第五章

英式早餐茶成了新潮流

如果你是来自英国或爱尔兰的茶客，下面这两句话可能会让你大吃一惊，逼得你深吸一口气，皱紧眉头，同时迅速将脑袋向右转二十度，斜着眼去瞥这种"异端邪说"，而不愿拿正眼瞧它。

并非每个人都把英式早餐茶当成传统茶。

我还可以说得更直白一点儿。亚洲之外的读者，你们一定要挺住。

绿茶才是传统茶。

在讲英语的国家，味道浓烈的混合红茶似乎成了我们生活中不可或缺的东西。在美国，大多数人喝的仍然是冰水，连茶也是喝冰的。我们把这些混合红茶叫作"英式早餐茶"，也叫作"传统茶"。当然，这个"传统"并非所有人的传统。

比方说，我每天摄入的咖啡因有可能对你来说就是过量的。英国人平均每天喝差不多六杯茶。我喝的量可能是他们的两倍。如果某天我在品茶室招待大厨，可能会再喝两倍的量；而如果我在茶园品尝不同批次的茶，可能喝得还会更多。

人们对绿茶有个错得离谱的认识，认为绿茶的咖啡因含量比红茶的低；有些人甚至认为绿茶是一种完全不含咖啡因的花草茶。真实的情况是，绿茶和红茶属同一种茶叶，来自同一株茶树，含有相同的化学成分；它们只是加工方式不同罢了。没有人说得清绿茶不含咖啡因的谎言是如何出现的，但是，谎言重复到一定程度，就会披上真理的外衣。

如果"传统"二字表述的是"公认"的意思，那么全世界喝茶的人当中认为绿茶是传统茶的人会更多。几千年来，绿茶一直是中国人的日常饮品，饮茶的中国人当然要比爱尔兰人和英国人多得多。如果我们在日本，那么传统茶就应该是像煎茶一样的蒸绿茶。在中国香港，传统茶可能会是乌龙茶或普洱茶。如果我们在俄罗斯，这里的传统茶会是浓郁的阿萨姆红茶，可能还会往茶里加入甜甜的果酱。而在摩洛哥，传统茶是一种用新鲜薄荷和香草调味的绿茶，茶里的甜味来自沙丘糖。

英国人所谓的"传统茶"，也就是英式早餐茶，源自一个精彩纷呈的故事。这个故事一点儿也不传统。事实证明，这是一场大胆的变革。

我们所有的茶叶都来自中国。早在10世纪，中国确实允许日本种植了少量茶树，而在19世纪，罗伯特·福琼的冒险行动为英国偷来了茶树。

福琼是苏格兰人，因为祖母的关系，我和福琼的后代成了亲戚，所以我和他一样有爱冒险的血统。虽然这种说法比遗传学的可信度更高，但这家伙的胆子实在是太大了。他是个植物学家，出身卑微，后来成了伦敦切尔西药用植物园的负责人，这是当时他所在行业的最高职位。这个职位是他冒着生命危险走遍全球带回稀有植物换来的，他带回的那些宝贝中最有名的就是他偷偷买到的茶树。

当时在中国只允许出售成品茶，将茶籽或茶苗带出境是违法的，会被处以死刑，而且生产茶叶的技术也绝不"外传"。英国人不知道红茶和绿茶来自同一株茶树，也不知道如何种植、培育或加工茶叶。

福琼收入微薄，又恰好渴望自己谋生，于是便顶着巨大的风险带回了茶苗和茶籽，还掌握了一些茶叶生产的秘密。1848年，他戴着一根假辫子（帽子上挂着一根辫子）来到中国，从收受贿赂的中国官员那里买到了茶籽，并设法将茶苗藏在竹条里带了出去。英国茶业的发展就是从他的小把戏开始的。

委托福琼偷茶苗的是东印度公司（EIC），这家公司控制着与东方的所有贸易。他们拥有政府批准的从中国进口茶叶的垄断权。中国皇帝控制着最初的贸易，只允许东印度公司的船只进入香港和澳门，并且只接受金银支付。当时还不允许商品交换，作为新兴工业化国家，英国无法用枪炮、机械或机器生产的棉花来换取进口的丝绸或瓷器。中国皇帝极其蔑视粗俗的西方文化，他根本不想要西方国家那些俗气的小摆件。

大约在公元前200年，茶叶就已经沿着丝绸之路传到了欧洲。罗马人虽与中国人进行了贸易，但他们并没有得到茶叶，大概是因为中国人还没有做好分享的心理准备。对贵金属的渴望最终导致中国皇帝在16世纪开始允许交易珍贵的茶叶。中国的地下几乎没有金矿，也没有银矿。然而，中国人口众多、经济发达的现状又需要一种交换媒介，那就是货币，大量的货币。作为回报，他们必须交易一些能持续稳定供应的消耗品，且这种好东西一定得满足进口商源源不断的需求。那就是茶叶。

于是贸易达成了。满载金银的船只驶向东方，返航时则装上茶叶和陶瓷。随着英国对茶叶的需求稳步增长，贸易逆差对东印度公司和英国政府来说都变得不可接受。他们四处寻找其他东西进行非法交易，偶然间盯上了鸦片。罂粟在作为英国殖民地的印度和阿富汗大量种植，在中国却并不为人所知。

东印度公司不顾中国皇帝的抗议，开始非法向中国出口鸦片，并用鸦片换取茶叶，储存黄金。这彻底摧毁了那些鸦片瘾君子的健康和生活。到1839年，中国人义愤填膺，没收并焚烧了几千吨鸦片。英国人的回应是派军舰沿珠江溯流而上。东印度公司不仅做着罪恶的毒品生意，还得到了英国政府炮舰外交的支持。最终，他们用炮火轰开了中国五个贸易港口，并迫使清政府签订条约割让香港岛。这绝不是大英帝国最辉煌的时刻。

中国人对鸦片上了瘾，而英国人则对茶痴迷不已。到19世纪初，茶已经完全融入英国社会，中国对茶的垄断给英国带来了不少麻烦。这时该罗伯特·福琼出场了。他带着偷来的茶籽去了印度。

位于喜马拉雅山脉以南的英属印度，那里的土壤看起来适合种植茶树。这位英国植物学家偷来茶籽后，在寻找合适的种植地时，在印度东北部的阿萨姆邦发现了一种以前未被发现的茶树品种。茶树一直在那里。茶树只有两个变种：中国茶和阿萨姆茶。所有通过杂交不同的茶树形成的栽培品种都源于这两个变种，其原理类似葡萄或玫瑰。

阿萨姆茶没那么高级，它生长在低地，麦芽味更重。与生长在高海拔地区的中国茶相比，它少了些甜味和花香。但它在英国的茶史上占据显要地位。

阿萨姆茶树产不出优质绿茶，但它确实能产出非常不错的红茶。

制作绿茶时，你要仔细地采摘新叶，要小心翼翼地完成杀青、揉捻等多道工序，才能制作出细腻、柔和、优雅的味道。而红茶是通过压碎或折断茶叶，使其暴露在空气和氧气中，从而形成更深沉、更浓郁的味道。氧化作用造就了红茶。可在中国，氧化经常被误认为"发酵"，这种表述上的小错误很难纠正。因为这个，我在中国曾经引发过完全没有意义的争论，导火索就是我们对同一件事情的不同表述。真正发酵的茶只有普洱。

揉捻茶叶可以通过模仿双手动作的揉茶机来完成。想象一下这样一幅画面：两块金属板，一块在上，一块在下，用木头或黄铜做脊，顶部的金属板朝一个方向旋转，底部的朝反方向旋转，茶叶在两块金属板中间被轻轻地碾轧，就像在两个手掌之间揉捻一样。其他工序，如萎凋、干燥和杀青等，会因茶而异，但所有的红茶都要经过揉捻这道工序。19世纪的英国工业家很高兴这个过程可以由机器来完成。工业革命使得棉花和丝绸等商品的生产成本更加低廉，现在茶叶也可以做到降低成本了。他们可以打破中国的垄断，生产更便宜的茶叶，在他们自己的殖民地种植，质量还不错。红茶还非常适合航运，因为它已经被氧化了，不容易变质。而更娇嫩的绿茶并不总能完好无损地运抵英国，不得不装在内衬铅的木箱里运输，还会因为海洋空气沾染上咸味。

早期的印度红茶不仅价格实惠，而且质量上乘。我找到并购买了一些印度红茶，它们仍然在原来的揉茶机上制作，采用的是所谓"传统"的方法——小批量生产，工艺精湛，精细度高。还有一些产自印度、尼泊尔、斯里兰卡的手揉红茶，极为罕见，价值连城，但传统红茶真的口感极佳。

关于茶叶的揉捻有这样一句话：通过现代工业批量加工方式（简称CTC）生产的茶叶，并不是真正优质的茶叶。CTC茶叶是靠一台大型机器制成的，这种机器的外形有点儿像巨大的轮转印刷机，上面有许多闪光灯和开关，机械装置隐藏在金属外壳内。把绿色的茶叶放进去，出来的是装在茶包里的棕色粉末。这些碎茶没有一点儿细微的差别，不可能有什么巧克力味、焦糖味、太妃糖味和蜂蜜味，也不可能有令人陶醉的花香或柑橘的味道。你或许还会发现，喝过速溶咖啡后很难写得出品鉴笔记。

印度红茶开始取代中国茶，但另一场革命即将到来。

在中国，不同的好茶产自不同的地方。你或许不知道你买到的铁观音乌龙茶产自哪个茶园，但你肯定知道它来自福建省安溪县。将铁观音乌龙茶与生长在福建武夷山的大红袍乌龙茶混在一起喝，那简直是大忌。这种喝法会引发心脏病，导致中风。它们是两种不同的乌龙茶，产地不同，制作方法也不同。从来没人将两种乌龙茶混着喝（除了像我这样的疯子）。在中国，几乎所有的茶都是如此。

英国人并不了解这种有关茶的唬人说法，他们的想法不同。他们在全新的土地上种植罗伯特·福琼偷来的中国茶树。生长在大吉岭的茶叶和生长在云南山区的同一品种的茶叶，味道并不相同。就像同一品种的葡萄，究竟味道如何，取决于它是生长在新西兰的马尔伯勒地区还是法国的卢瓦尔河谷。

除此之外，他们还种了新的阿萨姆茶树，茶的味道又发生了变化。他们甚至还开发了新的杂交品种。19世纪的植物学家们铆足了劲儿钻研起杂交品种，一下开发了三千多个品种。那些有创意精神的维多利亚时代的人回到家乡后，开始想方设法玩起混搭的玩意儿。

最先被与茶混搭的就是早餐。"英式早餐茶"指搭配英式早餐喝的茶。这样的混搭还不够精确，没有具体的配方，名字也只是把红茶和早餐组合在一起。这个说法是一个纽约人在20世纪初创造的，用来描述英国人吃早餐时喜欢喝的茶。过去，每个家庭的饮茶习惯因个人喜好而不同：这家人偏向喝印度茶，那家人更喜欢喝中国茶。浓茶配烟熏鱼可能更能尝出阿萨姆茶的口感，而果酱吐司搭配清淡的大吉岭茶则口感更好。如果吃的是炒鸡蛋，我喜欢喝杯加了一小撮正山小种红茶的喜马拉雅高山红茶。如果吃的是涂蜂蜜的烤面包，我会在喜马拉雅高山红茶中放一勺伯爵茶，而不是刚刚提到的正山小种红茶。如果吃的是煮鸡蛋和烤面包，我喜欢把两种中国红茶混着喝，就是祁门红茶和皇帝饼普洱茶各一半。如果用上好的茶精心搭配，英式早餐茶真的可以很优雅。

现在看来这种搭配并不稀奇，但在当时绝对称得上标新立异。不仅仅是种植和饮用中国产地以外的茶叶，还大胆地

将茶混在一起喝，这大胆的创举产生了巨大的影响力，甚至超越了茶叶本身。

调制混合茶的和最早调配威士忌的是同一批人，都是类似基尔马诺克小镇的食品杂货商亚历山大·沃克这样的人，他的儿子们推出了尊尼获加。19世纪，在格拉斯哥或爱丁堡，或者说苏格兰高地及岛屿以外的任何地方，人们很少喝威士忌。他们通常喝白兰地和朗姆酒，还有进口烈酒。威士忌被认为不够精致。大部分威士忌要使用蒸馏器，算是违规操作。在苏格兰高地人眼中，威士忌是粗制的私酒，黏稠度肯定不够，还是喝朗姆酒比较安全。

苏格兰的杂货商在调制混合茶和建立顾客忠诚度方面极

为精明，他们将目光投向了威士忌。你可以在沃克的食品杂货店买到相当地道的混合茶。你不可能买到不靠谱的东西。那为什么不能在那儿买威士忌呢？后来，威士忌经调和后有了黏稠度以及圆润、平衡的口感，才进入市场，一开始是苏格兰，接着是英格兰，很快便推向全球市场。尽管现在单一麦芽威士忌越来越流行，但混合麦芽威士忌仍更受青睐。

正是英式早餐茶让英国在茶界声名鹊起，其品牌也开始享誉全球。遗憾的是，这些声誉已今非昔比。我曾给一位中国同事递了一包非常有名的早餐混合袋泡茶，他甚至没发现那里面有茶叶。可是我去中国旅行的时候，那里的人们买茶的消费仍然要高于买酒的消费。当他们看到罕见的混合红茶时，确实会眼前一亮。用心制作、包含着爱与关怀的精品茶，无论到哪儿都吃香。我们的威士忌也一样。（我之所以说'我们的'，是因为我是苏格兰和英格兰的混血儿，只要时机恰当，我会随心所欲地改变立场。）超市里卖的混合饮品并不怎么样，但有些混合饮品堪称极品——威士忌是这样，茶也是这样。

对英国人来说，英式早餐茶或"传统茶"，其意义远不只"早餐"或"口味"那么简单。当我们需要安慰或者勇气的时候，我们通常会喝茶。美食作家兼播音员、曾经的广告人蒂姆·海沃德在报道我制作的第一份英式早餐混合茶时写了个副标题，其原话出自一位参加过二战的英国皇家空军老兵之口，他说："在民族危难时要坚不可摧，在需要勇气时要镇定自若。"

　　这就是许多英国人在喝热茶时的想法。早餐茶让我们有了坚定、沉着的心态，赋予了我们信心。几乎可以肯定的是，它是一种醇厚的混合红茶，滴入口感柔滑的牛奶，可以让茶汤的边缘更加平滑。我们在寻找一种强大、温暖、有爱的东西，就像我们深爱的母亲一样。我们知道这样的东西很少是真的，但我们喜欢抱着这样的幻想，相信我们的母亲，或者一杯浓茶，可以解决任何问题。

第六章

英国伦敦：从卡姆登到白厅

曾经有一段时间，我每天早上5点钟就起来工作，结果把自己折腾得疲惫不堪，惶恐不安。不要认为某个超级高效的行业大拿会是工作狂，想想一个女人独自在天寒地冻的森林里疯狂地摩擦两根冰棍生火的画面吧。

我开了一家公司，我得周游世界，直接从种植和加工茶叶的茶农那里采购既罕见又珍贵的茶叶。此外，有一个相当棘手的问题尚未得到解决，那就是如何将这些茶叶从偏远的山区运出，如何进口、包装、分销、出口，并将其销往全球。几年之后，我的生意做得相当成功，但没有足够的人手来管理公司，也没有足够的收入来雇佣更多的员工。眼看着公司越做越大，我们有些不知所措了。

我一天工作大约十四个小时。有一年冬天，团队的一名骨干成员突然辞职，我一天的工作时间陡增到十八个小时，有时甚至达二十个小时。我几乎没有时间参与社交生活。如果不是为了茶事业，我可能就活不下去了。咖啡或许会突然刺激你，促使你迅速行动起来，但茶提神醒脑的功效更持久。

那年冬天，天还没亮，我就忍着严寒打开电脑，把杯子当作救生筏一样紧紧握在手中。我坐在电脑前，整个人都呆住了。就在几个小时前，我因为实在太累，没办法继续工作，就爬到床上睡了会儿。结果起床后我发现库存少了，发票没开，钱也没付，所有这些状况都让我的脑袋嗡嗡响，即使睡着了也不得安宁。我一次又一次地从焦虑中惊醒，这些焦虑深深地扎进了我的脑海。

那时候，办公室就设在我住的公寓里。公寓在伦敦北部，面积很小，是我用一间工作室改建的。卧室在原先厨房的位置，现在布置得像个船舱，墙壁上摆满了书和衣服，床建得很高，下面是抽屉，每一处空间都得到了充分利用。厨房 / 客厅 / 品茶室 / 办公室都设在另一个房间，房间一角有一间小浴室和一间储物室。一箱箱茶叶一直堆到天花板。如果我还需要生活空间的话，可以把笔记本电脑、打印机和文件堆在一个带轮手推车上，然后将其推进橱柜里。房间中央是一张祖上传下来的乔治王时代艺术风格的餐桌，上面铺着亚麻桌布。我们会围着餐桌坐在铺着苔绿色天鹅绒的椅子上，天鹅绒是我以前在纽约的鲍厄里街买的，那时候的生活跟现在的全然不同。爱德华七世时期的商店玻璃橱柜被我当成了厨房橱柜，里面摆放的茶杯上的图案都是手绘的。我们用的是银餐具和日本手工制作的盘子。为了省钱，我们还会自己做汤。

两个房间都很小，但窗户很大，阳光可以从高空直射进拥挤的房间。虽然房间里的每样东西都摆放得井然有序，但东西实在是太多了。我们有四五个人，有时是六个人，根本没有立足之地。团队成员下午会离开，给我腾出空间，让我可以在那里主持品茶会，与一起合作的大厨和客户开会。他们一走，我就在那里调配定制的混合茶，品尝世界各地的茶农运送过来的新茶。做完这些事之后，我还得接着做些文案工作。

谢天谢地，我只需要从一个房间走到另一个房间就可以开始新的一天。那个黑暗的冬天冷得要命，古老的窗玻璃被风吹得吱吱响。暖气也不灵光，我连暖气费都快付不起了。我坐在嗡嗡响的电脑前，等待屏幕从一片漆黑中重现光亮，进入复杂的界面。我会双手捧着杯子取暖，而呷一口浓郁的红茶会让我顿时感觉神清气爽，耷拉的眼皮也会提上去。茶就在那里，在我的手中，让我从里到外感受着浓浓的暖意。

茶就是我的灵感来源，过去是，现在也是。茶让我获得了新生，而我的茶事业也因为我的生活有了新的意义。

现在的生活比以前要轻松，我也有了早上起来喝一杯白茶的雅兴，但那个时候可没有这番闲情雅致。那时候，一到凌晨5点钟，我就得从昏昏沉沉中清醒过来，我需要迸发出更强烈、令人耳目一新的灵感。如果我提不起一点儿兴致，那就得喝一杯浓郁的红茶提提神。一杯下肚，我就有力气打字了。我是英国人，我离不开红茶。如果状态很差，我们知

道自己需要喝点儿什么。我会调配一杯混合茶来满足自己的需求。

这些年来，我为许多不同的客户和企业调制了许多种英式早餐混合茶。有人觉得我们只需要调制出一种早餐茶就能满足所有场合的需求，我可不敢确定。那年冬天，我调制出了最浓郁的混合茶，我把它叫作"高速早餐茶"。我知道人们要的是什么，他们要的是味道，越浓越好。最好香味浓郁，色泽幽暗，散发着麦芽香。我混合了我能找到的香味最浓郁的茶。我放了大量麦芽，调制出了口感香甜的麦提沙巧克力味儿和好立克麦乳精味儿。我加了颜色最深的单宁以加重口感，但为了提升甜度，我特地又加了巧克力和焦糖。所有会被奶味掩盖的东西，我都没放。

然后，我飞快地调制混合茶。我把一些茶叶切得特别细，以使它们能快速浸入水中，这样泡出的茶一喝就能让人提神，接着我放入的是圆圆的、口感浓郁的大叶茶叶。我想把茶泡出立体的口感。我希望我泡好的茶不是线条细腻的素描，而是有很强的雕塑感。

　　而英式早餐茶就具备很强的雕塑感。除了口感醇厚，它还有别的优点。

　　我为特里·克拉克做的混合茶更显优雅。特里是一名皇家空军老兵，参加过不列颠之战。这场战役是二战的重要转折点。尽管在人数上处于劣势，但英国皇家空军还是保卫了国家，使其免遭空袭。第一次见面时，我沏了一道混合茶作为礼物送给特里，那让他想起了战前喝的茶，那时还未实行定量配给制。他的茶代表的是一个低调、敏感的时代。我们是在乌斯河畔林顿的空军基地见面的，那里是英国皇家空军训练高速喷气式战斗机飞行员的地方。我设法瞒天过海到了那里，为《卫报》在线版录制一部关于茶和英国皇家空军历史的纪录短片。海军给水兵们喝朗姆酒提神，陆军给士兵们喝啤酒提神，而英国皇家空军的飞行员要保持头脑清醒，只能喝茶。我在飞行员的餐厅里为他们泡茶时，有人介绍我认识了特里。我被他恬静的魅力、无穷的幽默和惊人的谦逊折服了。

　　我从没想过，除了特里，我还有机会给别人沏这道混合茶。后来有一天，我接到了白厅的电话。

　　我拦下一辆黑色出租车，对司机说："去白厅，谢谢。到国防部。"因为茶的缘故，我经历了一些奇奇怪怪的事，但这次是最意想不到的。要进入国防部，必须先通过一道防爆气闸。走进宽敞的大厅，我看到大理石柱子耸立在大理石地板上。那些身穿蓝灰色制服、胸前有翅膀状徽章、袖子上有金色穗带的人拉拢我参与了他们的计划。他们请我为他们沏茶，沏那道我为特里沏过的混合茶，以此为他们的退伍军人慈善机构英国皇家空军协会之翼呼吁（the RAF Association's Wings Appeal）筹款。我不好拒绝他们。从2009年的那一天起，我就一直为英国皇家空军沏茶，每卖出一罐茶叶就捐出五十便士。

我曾在一个被改造成防空洞（战争时期很多地铁站都曾这样改造）的废弃地铁站，在一辆曾经用作流动食堂的老式海陆空军协会（NAAFI）货车车厢里，在（固定不动的）旋风式战斗机的机翼上，分别沏过英国皇家空军茶。我有幸与许多二战老兵共度美好时光，但特里仍然是我一生的挚爱。

　　"英国皇家空军茶"是为像特里这样的英勇飞行员调制的，他二十岁刚出头就驾驶"英俊战士"战斗机、"喷火"式战斗机和"兰开斯特"式轰炸机迎敌了。（战争期间有许多了不起的女飞行员，但她们被禁止参加战斗。她们在敌后做出的贡献是不可估量的，而且基本上不为人知。）特里当时穿着蓝灰色制服，身形瘦削，头发梳在脑后，油光发亮，就像河里的一块石头。一缕浓密的头发松散地垂在他的一只眼睛上，那眼睛透过蓝色的香烟烟雾斜睨着你。他笑着的嘴上方有一撮稀疏的胡子。他不知道什么是恐惧，但他会在酒吧用杜松子酒向死去的战友们致敬，然后把厚重的羊毛大衣披在一个穿着单薄连衣裙的女孩身上。

　　在警报声响起，他必须驾驶"喷火"式战斗机紧急起飞之前，他需要喝杯英国皇家空军茶。空军茶粗犷豪放、轻盈优雅，有股大吉岭茶的香味。麦芽味的背后有一种细腻的东西。那是坚韧和勇气，而不是绝对的力量。这是为那些明知前线危险却没有厌倦战争的人准备的茶。

　　自那以后，我又配制了一些混合茶。速饮混合茶就是证据。虽然它可能缺少蓝灰色羊毛那种如优雅丝绸般的顺滑感，但它拥有黑色皮质机车夹克般令人兴奋的吸引力。虽然英式早餐茶应该永远劲道十足，但不要误以为它一定很浓烈。无论是对克拉里奇酒店而言，还是对温布尔登网球公开赛的选手，或者那些与女王一起出席英国皇家阿斯科特赛马会的人而言，还是需要一些更细腻柔滑的茶。我因此加入了最甜的中国红茶，它带有蜂蜜和焦糖的味道，带有喜马拉雅山麓茶叶的芬芳，还有一股烟味和一点儿淡淡的酸味。

还有很多美味的茶。我们自己的口味甚至也不是一成不变的。在不同的时间、不同的心情下，想喝的茶也会不同。不过，可以肯定的是，无论什么时候，如果你选择的英式早餐茶很好喝，它就更有可能为你补充能量，让你充满活力地度过一天。

冲泡英式早餐茶

每150毫升水中放入2.5克茶叶（用茶匙舀的话正好是一平勺）。如果不加牛奶，应该将水温控制在80℃左右；如果加牛奶，水温应控制在95℃~100℃。浸泡1~3分钟：泡1分钟是上等红茶，泡3分钟是牛奶茶。

第七章

马拉维·塞坦瓦茶园

我一生中最不寻常的一次配茶，就是调配同一产地的不同品种的红茶，这充分说明了同一块土壤的复杂性。事情要从我翻来覆去地查看一个从邮局收到的包裹说起，那是一个小箱子，上面贴满了醒目的邮票，盖着"马拉维"的邮戳。我打开后发现这个小箱子是用玉米片包装盒做的。我没有抱太大的希望。我以为非洲出产的茶叶质量差，肯定是工业化的产物，我知道很多袋泡茶来自肯尼亚和马拉维。我对将要品尝的茶叶毫无心理准备。

我至今仍记得那第一口茶带给我的惊喜。茶的味道很浓，却不失优雅。那是一种浓郁而熟悉的味道，会给人一种像是被呵护入怀的安全感。除此之外，它还有一种甜蜜的味道，那味道只会让我联想到最好的中国茶。虽然茶很完美，但我还是隐约觉得这种茶还能加一点儿牛奶。还没喝完杯子里的茶，我就穿上外套又出去倒了一些。很明显，加入牛奶后的味道实在美妙：茶甜得离谱，有焦糖味，很像冰激凌，就像带茶味的冰激凌。最好的中国红茶和大吉岭红茶（真正美味的红茶）加了牛奶后茶味会被奶味盖过，变得虚无缥缈、平淡无味，而这种茶加牛奶后则像被施了魔法一般。我必须找到生产这种茶叶的人。我很生自己的气，因为我忽略了整个非洲大陆，没有想到上好的茶叶也有可能来自非洲。

几个星期后，我飞到了南非的约翰内斯堡，从一架安全的大飞机转到了一架小飞机上。小飞机的驾驶舱舱门敞开着，飞行员戴着镜面墨镜。乘务员递给我们一杯像糖浆一样浓稠的鲜橙色饮料，像是未掺水的橙汁，接着我们出发去了布兰太尔。飞机上热闹得像是菜市场，载满了返回家园的当地人和救援人员。

目的地机场看起来更像一个板球馆，人们站在露台上看着飞机降落，挥手致意。人群中站着亚历山大·凯，就是给我寄包裹的男人，还有他的几个孩子。亚历山大是马拉维人，他出生在马拉维，会说当地所有的方言。他的苏格兰血统对他来说是个趣事，但他从未去过那里。他住在当地农场的一所房子里。最值得一提的是，他没有高人一等的优越感。我在茶叶圈里见识过很多傲慢的人，他们独断专行，什么都想自己说了算。这种傲慢绝不是非洲或印度的白人所独有的。这种优越感似乎与国籍或肤色无关，而与财富和地位有关。亚历山大对每个人都一视同仁。他是一个温和、善良、值得尊敬的人。我觉得他自己都没有意识到这一点，他没有想过要戴着有色眼镜看人。

我们开车前往农场，车程大约一个小时。沿途我看到了住在路边的居民，看到了货摊和几乎没有基础设施的简陋村庄。穿过一片郁郁葱葱的土地后，眼前的一幕让我惊讶不已。在我的印象中，非洲荒芜、干旱，而此时这个印象被打破了。我发现那里到处都是红土地，动植物资源丰富。不管你在塞坦瓦撒下什么种子，它都能生长。这里是一个穿越希尔高地的大农场，雇工多达2000人，能养活拥有1.6万人的

大型社区。

　　在品茶室里，亚历山大把他从农场各处采摘的、经过精心制作的茶叶都摆了出来。我从来没有在一个茶园里见过如此多的品种。随着清晨的到来，我们顺着排成一行的品茶杯走着，我意识到调制一杯美味的早餐茶所需的一切都可以在这间品茶室里找到。我根本不需要满世界找茶叶，我需要的所有茶叶都在这间粉刷一新的房间中央那张铺着瓷砖的桌上一一铺展开来。

　　茶叶来自同一茶园的混合茶与现代英式早餐茶的惯常做法相去甚远。只混合同一个茶园的茶叶，而不混合来自阿萨姆邦或印度其他地区的茶叶，这种做法很少见。我见过的

"传统茶"是由来自几个大洲的六十多个不同茶园的茶叶调制而成的，目的是在合适的价格点上获得统一的味道。尽管"传统茶"的茶叶组成极其复杂，但它们都口味平淡、毫不起眼、平平无奇——就是故意这么做的。

但这些现代惯例和随大流的做法并不一定是对的。没必要为了成本和颜色把茶叶混合起来，导致茶的品质在不知不觉间下滑。混合茶可以非常独特，这是不容置疑的。我和亚历山大调制的"失落的马拉维"混合茶表达的就是塞坦瓦不可言喻的独特性。因为茶叶的品种、生长环境和季节的多样性，混合茶很容易打破常规。我偶尔也喜欢这么做，这时西装革履的老男人们会拿着品茶的勺子对着我结结巴巴地说个不停。

亚历山大的祖父最初是种植橡胶的。后来橡胶市场跌至谷底，他四处寻找，想再种点儿别的东西。这时当地的耶稣会传教士给他们的花园运来了几株茶树。这些茶树被传教士从中国带到了爱丁堡的皇家植物园，又从那里带到了马拉维。那是马拉维种植的第一批茶树，那时是20世纪20年代，茶叶价格不菲，茶树长势喜人。

他祖父的房子已经被改建成了一间小屋。我住在那里的第一个早上，就在笔记本上写了几段话。我通常会在笔记本上记下茶叶的价格、采摘时间和味道。这几段话是这样写的：

那么多的叫声、唧唧声和歌声，让我仿佛置身于鸟舍。我掀开盖在身上的棉纱网，走到阳台上，看到了壁虎、蝴蝶、蜻蜓和俯冲下来的燕子。

身材高挑、举止优雅的女士们穿着鲜艳的衣服，在一望无际的茶园间沿着树荫斑驳的小路漫步。她们一会儿走到明媚的阳光下，一会儿又走进斑驳的树荫里，姿态优雅，头上顶着硕大的竹篮和包裹，紧紧拉着身旁蹦蹦跳跳的孩子的手。

一位面色黝黑、满脸皱纹的老人穿着蓝色工装裤，脚上套着一双很旧的黑色威灵顿长筒靴，手里拿着一个破旧的镀锌喷壶，在一个小石塘和阳台上的盆栽植物之间走来走去。然后，他把喷壶放进了旧石塘里，小心翼翼地避开里面那条瘦长的红鱼。

一个身材颀长的女人给我端来了茶。她叫格蕾丝，她没有马上离开，而是和我聊了聊她的孩子。在平行世界里，她或许是一个模特或电影明星。每个房间里都是一桶桶从花园里摘来的玫瑰。在草坪上那棵高大的无花果树上，松鼠和灌丛婴猴在赛跑。九重葛沿着墙边蔓生，高高的莲花在石塘里摇曳。空气中弥漫着茶香和木头燃烧的烟味。

那天，我和亚历山大在茶园的不同地方采摘了独特的马拉维杂交品种的茶叶。每一片茶田都有自己的特色，收成也各不相同。梯田的坡度、雨水渗入土壤的方式、土壤的酸碱

度、日出和日落的角度、阳光停留的时间、海拔高度、遮阴树与茶树的年龄和修剪周期，以及无数其他因素，都会影响茶叶的味道。我们的足迹遍布整个茶园，应季采摘不同的茶叶，最后终于找到了可以让我们调制出满意的混合茶所需要的茶叶。当然，这离我们的宏伟目标还是有差距的，但我们的探索并没有就此结束。

要调制混合茶，每一季都必须重新调配。天气的变化，最重要的是降雨的到来和持续时间，以及茶叶生长季节关键阶段的云量，都会对此产生巨大的影响。气候变化是一个持续性的挑战。不过，密切关注茶园，了解不同区域的茶田及其收获的季节，还是很方便的；准备好换一种茶或改变比例来保持和改善味道，也不难做到。要清楚了解茶园并不难，尤其是有亚历山大这样的茶农，还有那么优质的茶叶。

另一个也叫亚历山大的人给这种混合茶起了名字。小说家亚历山大·麦考尔·史密斯是混合茶的爱好者。他说，这种茶让他想起了以前的茶的味道。他问我以前的茶怎么没有了，究竟是怎么绝迹的。我觉得"罪魁祸首"是二战期间的定量配给制。那时，除了政府发放的茶叶，我们再也没有别的茶叶了。因为U型潜艇包围了我们这个岛国，并试图阻止补给进岛，英国政府控制了生活必需品，包括食物、燃料和茶叶。让英国人在没有茶的情况下熬过一场战争是件难以想象的事情。在战争时期，人们无法去杂货店欣赏各种各样的藏品，也买不到自己喜欢也买得起的茶叶，政府只限量供应一种茶叶。茶叶是通过与茶园签订合同购买的，只看价格合不合适，不看别的，以帮助英国度过最黑暗的时期。人们没有大惊小怪，他们已经习惯了。不管是什么茶，只要能冲走他们被炸毁的房屋的灰烬和砖石粉尘就行。

那或许不是最好的时代，那时的茶也不是最好的茶，但它在他们最需要的时候出现了。茶叶限量供应直到1952年才结束。中国的革命和二战改变了国际贸易的格局。好茶变得极为罕见，人们也习惯了放下那些已经失去的、曾经钟爱的东西。

"多么浪漫，一杯失去的茶。不如我们把它叫作'失落的马拉维'？"他说。

如果像亚历山大·麦考尔·史密斯这样的语言大师给你的茶起了个名字，你只要把名字贴在罐子上就行了。然而，人们不知道这是哪种茶。所以，我们还是得给它起一个相当长的、宏大的名字，就像意大利贵族的名字一样：单一茶园英式早餐——失落的马拉维。这个名字解决了一个问题，即解释了茶叶的出处，并添加了一点儿浪漫色彩。我们仍然需要给顾客一个理由，促使他们把它从货架上取下来尝一口。所以，亚历山大又好心地写了三个故事，和茶叶一起放进罐子里，没收取任何报酬。

在他的帮助下，"失落的马拉维"当即大获成功，直到现在还颇受青睐。它进入了英国维特罗斯超市，成为超市上架的第一种非洲茶叶，也是第一种被认定产自非洲的茶叶。我在货架前看到它时，不禁喜极而泣：它的出现完全在情理之中，却又令人难以置信。我站在那里盯着茶叶区，一边用手背擦拭眼泪，一边涂抹着睫毛膏。一个在超市工作的年轻人走过来问我是否需要帮助。"我只是太高兴了。"我说。他点点头，眼睛睁得大大的，双唇紧抿着，慢慢后退了几步，留我独自含泪沉浸在一种难以理解的幸福之中。走出超市来

到街上，我在一家商店的橱窗玻璃上看到了自己的脸。我刚刚把睫毛膏涂在了脸颊上和鼻子下面，就像童话剧里的人物贴上了小胡子一样。

茶叶是马拉维的第二大出口商品，仅次于烟草。但如今，马拉维茶叶的拍卖价格往往低于生产成本。只有大型的农业产业化企业才能在全自动化茶园轻松地大批量生产廉价茶叶，以增加大品牌袋泡茶的产量。他们雇佣季节性劳动力，但人数并不多。几乎所有的东西都是机械化的，他们的产业规模非常庞大。

规模较小的生产商不可能把所有东西都刨掉，再心血来潮种点儿别的，然后看看有没有前景。在过去的二十年里，亚历山大·凯一直在努力重启他祖父开创的优质茶叶生产，以制作出越来越好的茶叶。他对他的社区负有责任，这是他们的生计，他尽量全年雇佣更多的工人，而不是把茶叶生产过程自动化。

马拉维茶的味道与亚洲茶不同，它会带给人新的惊喜。亚历山大对他茶园里的每一寸土地都了如指掌，他把所有的心思都放在了保证茶的独特品质上。

几年前，亚历山大在一片特殊的茶田劳动，采摘茶叶时闻到一种奇妙的香味。当茶农从茶树上捻下两片叶子和新芽时，新鲜叶子的汁液在空气中散发出成熟的杏子和桃子的香味。尽管想了各种办法，亚历山大还是无法在成品茶中捕捉到鲜叶的香气。他试过用鲜叶制作绿茶、红茶和乌龙茶，也试过将茶叶像白茶一样晒干，但都没有用。茶中虽有淡淡的果香，但味道并不浓重。

你可以想象，当你发现某种独特的茶树种在一小块茶田上可以散发出奇妙的香气，而你却无法在茶中捕捉到它时，会有多么沮丧。十多年来，他一直在那片茶田进行实验。然而，秘密的揭晓并没有发生在茶田里，而是在厨房里。当时他要煮番茄，在把番茄上的藤摘下来时，他突然意识到了香味是从哪里来的。我们买带藤的番茄不仅是因为这样看起来漂亮，还因为闻起来更香。强烈的番茄味不是番茄植株的果实发出的，而是来自毛茸茸的茎条。厨师们知道这个秘密，超市也知道，而我们可能只知道我们需要付更多的钱，因为带藤的番茄更有"番茄味"。

我不能透露也不知道马拉维鹿角茶的准确制作方法。但我可以告诉你，它是一种白茶，是由生长中的茶树嫩茎而不是叶子制成的。它被称为"鹿角"，是因为它的形状类似于幼鹿的新角。那次采摘有特殊的意义，几年后，这种白茶全面投入生产，那片茶田每年只能产出大约40千克的成品鹿角茶。

我第一次把它带回英国时，只带了几千克，是专门卖给肥鸭餐厅的赫斯顿·布卢门撒尔的。那是在21世纪前十年中期，肥鸭餐厅正如日中天。马拉维鹿角茶毫无悬念地引起了广泛的关注。我们都非常感激，也很高兴马拉维茶在事业版图上又向前挪动了一小步。但当我收到亚历山大从马拉维发来的电子邮件时，就没那么高兴了。他在邮件中说，英国一家大型茶叶公司打算购买他们的茶园下一季采摘的全部茶叶，价格由他随意定。但亚历山大拿我当朋友，他想出了一个办法。因为随便哪块茶田用这种独特的方法都可以种出鹿角白茶，所以亚历山大把其他茶田上种出的嫩茎卖出了好价钱，远远高于他向我收取的价格。那些嫩茎无论是外观还是味道都非常出色，但没有令人惊艳的桃子和杏子的味道。他把那块茶田留给了我。这真是善事一桩，对此我永远感激不尽。

冲泡马拉维鹿角茶

鹿角茶最神奇的一点是，每次加水，它的味道都会变得更好。随着水渗入茶茎的更深处，味道在不断变化。杏子的味道依然还在，但除了柔和、甜美的果味，一种更深沉的植物鲜味会慢慢显露出来。它变得越来越妙不可言。我泡了一遍又一遍。

每150毫升水需配3克茶叶。

第一次泡茶，倒入150毫升开水，使茶茎变软，浸泡2分钟。即使浸泡的时间久了点儿，也不用担心。植物嫩茎浸泡需要时间，也不含太多的单宁，所以让它们在水中停留5分钟或更长时间根本没有任何问题。

你不需要在每次冲泡时再次把水壶里的水煮沸。虽然水会变凉，但茶茎也会变软。如果茶茎蔫了，你可能需要延长浸泡时间；如果水太凉，则需要重新加热，但不要把茶茎扔掉。我曾经用同一把茶茎冲泡了十一次。

有一位好莱坞电影明星迷上了喝鹿角茶，一把茶茎泡的茶，她可以喝上一整天。除了茶，她不喝别的饮料。她一醒来就喝第一杯，睡前喝最后一杯。虽然她天天喝，但她还是没品出哪一杯最好喝。我们的聊天会显得奇奇怪怪的，通常都和鹿角茶有关，这样的话题我们百聊不厌。

第八章

美国加州·西好莱坞

有时候，在夜晚你不会只喝茶。接下来的几个早晨，你或许会很想喝点儿别的让自己清醒过来。在一夜放纵后醒来，你会忍不住打开一瓶香槟，以摆脱清醒后的痛苦，或者把满血复活的希望倒进一杯血腥玛丽里。但我们都知道一个事实：喝酒并不能解决问题，只会把自己灌得烂醉如泥。如果一只狗咬了你，再咬一口也一样疼，甚至更疼。我不是说我不会这样做。我曾有过一段美好的时光，从宿醉中醒来后依旧心情愉悦，但我想告诉你的是如何醒酒，而不是带你纵情狂欢。

加州一家酒店的菜单上有一种名为"宿醉救星"的茶，就是我调制的。我在科切拉音乐节上为嘉宾们调制冰茶之后，来到这家酒店舒舒服服地住了几天。在与酒店的宾客们痛饮狂欢后，我发现这家酒店不同寻常，我有责任为他们提供醒酒服务。

这家酒店就是位于西好莱坞的马尔蒙庄园酒店。它是一座漂亮的白色城堡，建于20世纪20年代，坐落在日落大道上方的一座小山上。霍华德·休斯一度把这里当成了自己的家，葛丽泰·嘉宝曾在酒店幽静的花园别墅里浪漫地幽会，艾娃·加德纳曾经光临过这里的酒吧。要是我早来过这儿就好了。城堡还是一个举办派对的好地方，能保护宾客们远离公众的目光，免受狗仔队的骚扰。浴室的橱柜里放着几套蜡质耳塞，房间里摆满了大瓶装的酒，根本不见小瓶装酒的踪影。

酒店被设计成了一栋公寓楼，因此大多数房间更像是套房。许多房间保留了具有独特装饰艺术风格的厨房，配备了巨大的白色冰箱，冰箱门上的镀铬把手呈火箭形状，还有搪瓷煤气灶。厨房很适合泡茶，或者调制鸡尾酒。我答应了别人要给他们调制鸡尾酒的。我在科切拉音乐节上遇到了几位洛杉矶的客人，给他们调制了他们尝过的最好喝的冰茶。在内华达沙漠的一个音乐节上，一位英国茶女郎不合时宜地出现，注定会引起一些人的注意。我遇到了很多人，沏了很好喝的冰茶，还在茶里加了酒。几杯茶下肚后，我邀请其中几个人几天后回洛杉矶和我一起喝鸡尾酒。我确实依稀记得自己曾经发出过邀请。

冰茶的由来挺有意思的。我第一次和纽约 Momofuku Ssäm Bar 餐厅的小伙伴们合作时，他们给我出了一个奇怪的难题：他们想喝茶，但只想喝冰茶。那个时候，我一直在想方设法把茶推往餐厅，希望人们把喝茶视为用餐结束的美好标志，我为此努力了好多年。戴夫·张和他的主厨马特·鲁道夫克不希望这样。他们想要一种可以随餐饮用的茶，也就是冰茶。我从来没有认真考虑过这个想法。但戴夫在美国的餐饮业影响巨大。我想对美国的餐饮业产生巨大的影响，于是我开始考虑他们的提议。

那时候我对冰茶没什么好感。我早年住在纽约的时候，就无数次尝试过调制冰茶，但始终没有成功。它要么苦而无味，要么比糖水好不了多少。在我看来，这种茶要的就是色泽和茶精，而不追求单宁之外的可识别的味道。但Momofuku旗下都是些不循规蹈矩的优秀餐厅，市面上已经出现的茶不是他们想要的。

美式冰茶通常是用大量便宜的红茶在沸水中浸泡很长时间，冷却后再加很多糖制成的。在纽约，人们并不总是像在南方那样把它弄得很甜。他们会把冰茶调得淡一些，然后倒进满是冰块的杯子，再加一片柠檬。根据我的经验，美式冰茶算不上世界上最美味的饮料。

我们的第一个突破性想法是改用上好的茶叶。效果很明显，但味道并不稳定。我们做了几款口感不错的茶，但味道并不持久。泡完茶不到二十分钟，茶的味道就变了，而且随着茶味的不断变淡，这种变化也在持续。我们研究了一段时间茶叶的浸泡方式，可问题在于茶叶的细胞结构。一旦加入热水，细胞就会破裂，茶叶就开始氧化。这种氧化反应会使茶的味道快速变淡。我和几位品酒师朋友做了几次实验。我准备了几杯同样的冰茶，一杯比一杯多放置二十分钟。如果茶在端给客人之前就已经在餐厅里放了四个小时，这个实验将会重现这段时间里茶的味道是如何变化的。结果，每位品酒师都认为每个杯子里装的都是不同的茶，他们都更喜欢第一杯。

我不能供应这种味道不稳定甚至会变质的茶。我也不希望餐厅给一部分客人提供上好的冰茶，而给另一部分客人提供不太好的冰茶。更糟的是，如果茶里加了糖，几天后就会开始发酵。我喜欢做得好的康普茶（一种由细菌和酵母共生的培养物发酵而成的茶饮料，简称SCOBY），但必须非常小心且严格控制制作过程，才能做出美味的康普茶。它不可能随随便便、火急火燎地就能做好。所以，所有剩下的茶都必须倒掉——费钱不说，还浪费得让人心痛。

我听说过澳大利亚人会调制"晒茶"，简单来说就是把茶叶浸泡在冷水中，并在窗台上放置一整天。据说这种茶能喝一个星期。香味会慢慢渗出叶子，而茶叶本身的细胞结构不会遭到破坏。经过几次实验，我发现根本不需要日晒，放在冰箱里更安全。浸泡过的冰茶可以保存好几天，品质不变，口感也很稳定。

更重要的是，茶叶在冷水中释放的味道比在热水中释放的味道更香甜、更柔和。茶叶在冷水中不会释放太多单宁，所以不需要添加糖口感就很完美：柔和爽口，却又回味无穷。用这种方法调制的好茶几乎胜过搭配食物的任何茶饮。

想到我这样一位英国茶女郎在美国掀起了冰茶革命，我满心欢喜。我如今与世界各地的餐厅合作，将冰茶放进其菜单，列在葡萄酒旁边，取代果汁，或者作为平平无奇、包装简约的瓶装水的绝佳替代品。

要喝更经典的冰茶，得需要红茶。我知道你在我动笔之前就知道我要写什么：用好茶，味道会更好。但有点儿出乎意料的是，你不一定要用最好的红茶来做冰茶。全叶茶的表面积与体积比很小，这使得它不适合在冷水中浸泡。完全破损的全叶茶更适合在冷水中浸泡。单宁的味道在热水中可能会过强，在冷水中却不会，因为单宁需要加热才能溶解。更甜、更细腻的味道在冰茶中占据了上风。当然，这些都是相对的。廉价的工业茶无论怎么泡，都不会让你心动的。你需要一种从茶农那里买来的上好茶叶，这样的茶叶才能泡出好茶，只不过你不一定能买到他们那儿最好的茶叶。

还有一点要补充的是，好茶叶用热水浸泡几次之后不要扔掉，把它们放在一个有盖的罐子里，加些冷水，然后把它放进冰箱，静置几个小时或一个晚上。然后，滤掉茶叶，你就能喝到一杯爽口的冰茶。一勺浸泡过的茶叶可以泡一罐像样的冰茶。虽然茶的味道不会持续很久，但持续到第二天还是没问题的。这种泡茶方式不会浪费一丁点儿美味。我合作过的几家餐厅都会用泡过的茶叶接着泡冰茶，第二天出现在员工餐桌上。有一次，我们和纽约大厨丹·巴伯在塞尔福里奇百货公司的楼顶上用浸泡过的茶叶泡了一下午的冰茶，以此来证明我们轻易丢弃的废物也是有价值的。

调制冷泡茶

每一种茶对冷萃取的反应都不同，就像每一种茶在热水中的反应不同一样。建议最好把每一种茶都尝一尝，最后找到你想要的口味。

最好的味道在低温下通常很容易消散，但在冷水中一点儿茶叶就可以释放持久的香味，只是需要时间。浸泡时间一般为8~12小时。时间一到，所有可溶于冷水的香味都会从茶叶中释放出来。不必担心浸泡过度，过夜完全没有问题。揉捻后的乌龙茶是个例外，它需要浸泡48小时，水才能完全渗透到茶叶里，把所有的味道都释放出来。

泡绿茶或白茶，每升水大约需要配6克茶叶。泡乌龙茶，每升水需要配6~10克茶叶。对于许多红茶来说，可能需要放入更多的茶叶：每升水需要10~12克茶叶。我建议一开始将比例控制在每升水配8克茶叶，之后每次增加2克，直到找到合适的比例。

浸泡后，用最细的过滤器过滤，这样可以去除茶叶中的所有颗粒，使茶汤保持晶莹透亮。然后，把它装进密封瓶中放进冰箱，保质期为3天。

重要的是，要记住这些冷饮有很强的冲劲儿。尽管它们尝起来香甜、丝滑、优雅，却富含咖啡因。浸泡是为了让咖啡因完全溶解。虽然你尝不出咖啡因的味道，但它仍静静地隐身于茶中，随时准备让你兴奋。有了它，我们甚至可以在沙漠中愉快前行。

　　我当时住在马尔蒙庄园酒店的一间小屋里。这间小屋坐落在花园里，周围是郁郁葱葱的植被和温柔的喷泉，把日落大道上的汽车轰鸣完全屏蔽掉了。刚到的那天晚上，我在玛丽莲·梦露可能洗过澡的铺着瓷砖的浴室里冲洗掉了从沙漠带来的沙砾，然后沉沉地睡了十二个小时。

　　第二天，我觉得自己恢复了活力，很想喝茶。我住的小屋可以通往一个露台，那里的树枝散发着芬芳，下面摆放着锻铁桌椅。蜂鸟在结满果实的香蕉树上飞来飞去，柠檬懒洋洋地挂在枝头。还有三间小屋共用这个露台。在这个幽静的花园里，每个人都觉得敞开大门进出很安全。在加州，能坐在这么迷人的花园里真是太难得了。我和一位女演员、一个艺术收藏家、一个鞋类设计师和他的妻子成了朋友，我们一起喝茶，茶泡了一遍又一遍。好茶就像公园里的小狗，会把人们吸引到你的身边。

　　到了晚上，我觉得我又可以做点儿什么了，于是我答应给新交的朋友们调制鸡尾酒。我打电话给前台，要了马提尼酒杯、冰块和一个调酒器。冰箱里还有一瓶上好的冰镇杜松子酒。不久，一群穿着白色夹克的侍者过来了，他们肩上扛着银色托盘，胳膊上搭着白色餐巾。托盘里堆满了一桶桶冰块和玻璃杯。我觉得弗朗西斯·斯科特·菲茨杰拉德好像还住在这里，在他阴凉、昏暗的房间里敲着桌子，或者埃罗尔·弗林可能会从泳池里大步走出来，头发湿漉漉的，光着膀子，穿着奶油色的亚麻布裤子，和我们一起玩闹。

侍者们在我的客厅里摆放闪闪发光的铬合金和玻璃器皿，我则在用杜松子酒浸泡茉莉花茶。我给大家调了茉莉花马提尼。没过多久，我接到了接待处的电话，说有客人来访。我不得不走到花园门口带他们进来，我只能依稀辨认出我在音乐节上见过的几位客人。我们把冰箱里的酒都喝光了，还另要了三瓶杜松子酒、几个玻璃杯和几桶冰块。

冲泡茉莉花马提尼

泡法与第二章介绍的白毫银针马提尼几乎一模一样。

取25克茉莉银针茶放入壶中，倒入750毫升的伏特加（我的最爱是灰雁伏特加），搅拌并放置15分钟。

用滤茶器过滤（如果你想存放一段时间，可以用未经漂白的咖啡滤纸再次过滤，去除微小的茶叶颗粒），加冰搅拌或摇匀，滤入用冰块冷却后的马提尼酒杯。

不知什么时候，我们去了酒吧，我发现了秘密的吸烟阳台。那里有个叫安东尼·布尔丹的家伙，既迷人又体贴。还有一位曾经颇负盛名的流行歌星在炫耀她为狗狗收集的珠宝："这些珠宝是我为人类设计的，但戴在我家狗狗身上更好看。"

我和一个自称是导演的男人聊了会儿。我问他导演过哪些电影，他一口气报了几个我从未听说过的名字。我才不信呢。后来，一个怒气冲冲的男人撩开遮住阳台的厚窗帘走了过来，对着那个家伙说话。

愤怒的男人："你这家伙，为什么不接我的电话？"

导演（微笑着，隔着一臂之遥摊开一只手掌）："等一下，哥们儿，我还没看剧本呢。"

愤怒的男人："看一下剧本，好吗？快他妈的给我看剧本！"

你没法儿拉上窗帘，这稍微弱化了他离开时的激动画面。

导演问我现在信不信他。

我信了，但不知怎的，他在我眼里没那么有趣了。他觉察到我对他失去了兴趣，于是问我是做哪一行的。

"茶。"

人们听到这个词通常会在脑袋里自动把它翻译成"牙齿"（在英语里，茶"tea"的发音与牙齿"teeth"很接近）。显然，牙医比茶女郎更适合作为一种职业。我想牙医肯定要比茶女郎多得多。情况通常是这样的：我重复"茶"这个词，而他们反复对我说"牙齿"这个词。我们就这样一来一回，像是在做网球截击。最后，我会伸出左手做一个手势，像是托着一个茶碟，再用右手做一个手势，假装握着茶杯的把手把它举到嘴边。（我绝对不会翘起小拇指。）见我比画抿茶的样子，他们这才恍然大悟："噢，原来是茶！"

那天晚上，我可没兴趣演哑剧。照例来来回回了几趟之后，我就懒得计较了："你说得对，就是牙齿。"

　　"你到底是做什么的，你是牙医吗？"

　　我随身带着一个黄色小手提箱，里面装着茶叶样品。我自信地拍了拍箱子，说："这里有我让好莱坞的一大票明星保持迷人笑容的秘密。"

　　烤瓷牙很可能会在最不方便的地方和情况下突然脱落。想象一下，你马上就要去上海为你新拍的电影召开新闻发布会，或者你正在锡耶纳、悉尼或西贡进行外景拍摄，等你醒来时却发现少了一颗烤瓷牙。你可能信不过当地的牙医,你需要找"牙女郎"。她随时准备坐飞机或者跳上你派来的私人飞机来到你的身边,拯救你的牙齿。"牙女郎"环游世界,奔赴各地拯救电影明星和流行歌手的牙齿。她就像个超级英雄,总是在关键时刻赶到。当你在舞台上或片场因掉了一颗烤瓷牙而露出尖牙,导致情况失控的时候,她总是会及时出现,挽救局面。

他真的盯着我的嘴巴,问我为什么没有镶一口完美的烤瓷牙。我解释说我不需要,因为我不是名人。我无法形容他有多喜欢烤瓷牙。在洛杉矶,几乎每个人都想当明星。在好莱坞,没有什么比一个与电影行业无关的人更有异国情调或更令人兴奋了。唯一比牙医更令人兴奋的职业,可能就是我的真实职业。

在好莱坞,他们已经准备好接受我这位茶(或牙)女郎了,我心怀感激。洛杉矶不是以最真实的城市而闻名的,但它太容易给人留下刻板印象。不过,我在那里交到了一些很好的朋友。如果说洛杉矶人有什么共同点的话,那就是他们都非常有节制。这里不像纽约,晚上10点钟还有人去吃夜宵。洛杉矶人几乎6点就吃完晚饭了。他们会早早入睡,享受美容觉。城堡酒庄里的客人不一样,那里的每个人都需要一个放松的地方。这让我想起了为什么他们的早餐菜单上有醒酒茶。

那是一种野生的南非博士茶,他们加了一点儿枫糖浆使它变甜，加点儿柠檬汁或柠檬皮唤醒其香味，又加入一块海盐平衡味道，就像咸焦糖那样。博士茶丝滑、色深、味醇。我的意思是，我觉得它真的很有效。几千年来，非洲的部落成员一直用南非博士茶来治疗脱水。枫糖浆和海盐提供了使其等渗的必要电解质。

冲泡醒酒茶

每150毫升开水中加入3克南非博士茶，浸泡3~5分钟。过滤后根据个人喜好加入半茶匙到一茶匙的枫糖浆搅拌，然后切半个柠檬挤成汁加入其中，再加一块海盐，最后再加点儿柠檬皮。

每当我因为宿醉快要崩溃时，我都会感觉自己像个小女孩，在夜幕降临的时候迷失在一个陌生城市的宜家停车场里。这个时候我会喝香草博士茶。

你没必要买添加香精的博士茶。一些人造香草香精是木浆工业的副产品，而天然的香草香料可能来自海狸的肛腺。（好吧，海狸香是一种你不太可能碰到的罕见香料，但它是一种天然香料。）还是用香草荚比较安全。

将一个玻璃罐（我用的是内置金属丝、带拉盖和橡胶密封盖的玻璃瓶）装满博士茶。取来一个香草荚，把它纵向切开，就像打开鱼肚子一样，然后放进玻璃罐，让它完全浸没在博士茶里（如果需要的话，可以把豆荚切成小块）。把罐子放在你经常使用的橱柜里，静置几个星期，每次看到它就摇一摇。

你也可以用拉链袋来代替玻璃罐，但我发现要长时间存放的话，还是玻璃罐更能保持味道。好茶味道丰富，你希望它能保持最好的状态。真正的好茶是野生的。

第九章

南非·塞德堡山脉

从开普敦往正北方开大约三个小时的车就来到了塞德堡山脉，你在这里会发现一种当地特有的茶叶——南非博士茶。你会穿过日益干燥的地貌进入半干旱沙漠，这里与北加州没什么不同，你会好奇怎么会有东西能在这里生长。在烈日的灼晒下，群山渐渐褪成淡紫色，干旱的土地褪成了褐色，草地褪成了蓝灰色。被阳光晒白的土地在亮堂堂的蓝色天空下经受炙烤。

博士茶的采摘季节是一月份，那是南非的盛夏时节。2016年，我去那里参观了合作多年的茶园。到了那儿，我发现他们很担心这次根本不会有什么收成。因为自前一年四月以来，这里就没下过雨，一滴都没有。那些野生的沙漠植物像牧场上的牛仔一样顽强，但即使是它们，也无法在长期的干旱中生存。来到克兰威廉小镇，走进医生的办公室后，我得知情况异常严峻。

弗里基·施特劳斯是与我合作的茶农，他从野生茶树丛里采来了我品尝过的最好喝的博士茶。他还是当地的全科医生、当地医院的董事会主席和三个孩子的父亲。他从小在那里长大的茶园离城镇只有几千米，一直延伸到山里。在茶园之外，他背负着太多的压力与责任。我与他已相识多年，他和以前一样精力充沛，让我惊叹不已。他有一双明亮的眼睛，眼神犀利，充满好奇。他看向你的眼神似乎要刺穿你，但转眼间他又会觅到下一个"猎物"，使你得以解脱。

骑着马或开着他的卡车穿过茶园寻找成群的大羚羊或南非豹的踪迹时，他通常会露出最快乐的样子。这一次，他显得闷闷不乐。我们骑着马穿过茶园，看着被尘土湮没的茶园，那里本该开着鲜艳的黄花。他告诉我，他不敢采摘单株茶，担心弄死那些珍贵的茶树。那些茶树生长在野外，在那片坚硬的土地上活了不知多少年。

他领我去看了邻居家种植的博士茶，那是一排排整齐种植的小茶树，但它们全都死了。为了便于采摘，人工栽培

的博士茶被成行种植，所有其他沙漠植物都会被清除，博士茶成了这里的单一作物。但博士茶是一种凡波斯（荷兰语，即纤细灌木），是西开普省这个特殊地区特有的一种本地植物。它要存活下来，离不开自己的家族。

南非的凡波斯构成了世界上最小也最特别的植物王国。植物王国是全球公认的因其独特的植物生命而闻名的地理区域。世界上有六个植物王国，其中一个就是开普植物王国，它横跨山岭和海洋，呈狭窄的新月形。那里有9000多种植物，其中70%是世界上其他地方没有的独有植物，其中之一就是博士茶。在不到0.05%的地球陆地表面上，生长着世界上3%的植物。其每平方千米的植物种类是大多数热带雨林的三倍。2004年，塞德堡被联合国教科文组织确认为世界遗产。

对博士茶这种珍稀植物的保护至关重要。开普植物王国是世界上最受欢迎的几种植物的原产地，比如剑兰、小苍兰、天竺葵和百子莲。到了春天，如果下雨的话，弗里基家尘土飞扬的土地上就会开满鲜花。此外，这里还有非洲豹，这种神出鬼没的濒危动物仍然在这里的山脉中占据立足之地。

采摘野生博士茶是弗里基的主意。土地要得到保护，就必须具有价值，就像野生动物保护区因游客的存在而实现可持续发展一样。因为生态系统非常脆弱，他不想单独种植博士茶。他从不照料博士茶生长、大羚羊游荡、豹子出没的地方。他让那些野生博士茶树自然生长，我们只每年骑马去采

摘一次，而且只摘我们需要的茶叶，以使其继续存活下去。

这一地区的栽培博士茶就没有这么幸运了，虽然这里是世界上唯一一小块可以栽培博士茶的地方。这里的栽培博士茶没有与其他凡波斯植物建立共生关系，无法得到它们的保护。这些茶树需要灌溉，因为它们的根入地很浅，不足以在如此干旱的土地上建立一个安全的生长地。这导致了土壤侵蚀问题，也无助于保护该地区脆弱的动植物。不仅如此，栽培的博士茶味道也不好，带点儿杂草味，缺乏浓郁的木质、雪松的味道和有浆果味的前调。

弗里基的野生博士茶是可持续栽培的最佳选择。因为严重的干旱，他没有办法修剪这些茶树。据说冬天会下雨。而现在是一月份，是塞德堡的盛夏，气温每天都飙至40℃以上。一个星期天的下午，我和他们一家人一起在茶园吃午饭，气温高达47℃，热得透不过气来，我们甚至没办法露天烧烤。南非有句谚语，说在明火上烤肉太热了，就像鸭子说池塘太湿不能游泳一样。野餐烤肉是南非的全民性消遣活动。但在47℃的高温下，在干燥的山区空气中，我们几乎动弹不得，汗水流下来几乎马上就干了，在皮肤上留下咸咸的结晶痕迹。

你由此可以理解为什么这个地区的人总是需要担心补充水分的问题。这不是茉莉杜松子酒造成的，而是因为极度的干燥和高温。为此，他们有了博士茶。几千年来，博士茶在塞德堡山区被当作药物使用，尤其是对肠胃不适的儿童。它不仅含有许多在茶叶中发现的抗氧化剂（类黄酮），还富含矿物质（钙、铁、锰、镁、钠、钾和锌）。加一块盐和一滴像蜂蜜或枫糖浆那样甜的东西，其味道会更好，能真正带出天然焦糖的味道，把其木质味道变成太妃糖的味道。而博士茶中的矿物电解质将帮助身体快速吸收水分。

如果你醒来时发现自己的宿醉反应很厉害，我强烈推荐你喝一壶博士茶，至少味道不错。它比咖啡更温和，而且不含咖啡因，所以你可以躺回床上喝，补充水分后再睡上一觉就好了。

最后我还是走了，留下弗里基和他的家人坐在一张空桌子前热得喘不过气来。我回到镇上，躺在黑暗的房间里等待酷暑过去。直到我听到缓缓响起的隆隆雷声，这种等待才结束。我看到了山的另一头那厚厚的乌云。炽热的空气中闪烁着白色的闪电，你能感觉到暴雨正在某处肆虐。我尽量不抱太大的希望，因为我知道暴风雨有可能会完全绕过这里。它可能吹向任何方向，就是不太可能吹到这里。

我听到弗里基在叫我，我能从他的声音里听出他很兴奋。我跳下床，抓起一双鞋跑到前门。他的母亲在茶园，她打来电话说她看到下雨了。我们跳上卡车，在蜿蜒进山的沙质公路上疾驰。厚厚的水珠缓慢地砸向挡风玻璃，但还不至于要用上雨刷。这不是雨，只是飞溅的水花，落在炙热的挡风玻璃和干燥的土地上立刻就消失了，没有留下任何痕迹。雷声越来越近，在我们周围轰隆隆地响着，紧接着便是几道闪电。等我们把车开到更高的地方，空气中开始出现雨水和博士茶的味道。天气骤热变冷，气温每隔几百米就下降几度。闪电轻弹着它的舌头，仿佛近在咫尺，我能感觉到手臂上的汗毛都立起来了。接着乌云笼罩了我们，雨声响起。

他停下卡车，我们跳进了雨中。刹那间，我们全身就湿透了。雨下得很大，在红土地上留下了一个又一个坑，雨点使劲地敲打着卡车，发出沉重的声响。空气中弥漫着强烈的气味。之前，寸草不生的土地和毫无生气的凡波斯植物差点儿在干热的天气里死掉；这会儿，在凉爽、潮湿的空气中，它们散发出生机勃勃的气息。我能分辨出哪些来自博士茶，因为我特别熟悉它的气味。它就像由各种气味组成的管弦乐队中音调突然升高的小提琴。

弗里基把一根浅色的枝条插进土里，拔出来的时候他笑了。枝条被水浸过后颜色变深了，这说明雨水被土壤深深地吸收了。深到足以拯救茶树，更重要的是，深到足以为我们带来茶叶的大丰收。我们静静地站在那里，兴奋不已。我们没有上蹿下跳，也没有欢呼雀跃，我们被这难以置信的好运和突如其来的喜悦惊呆了。我们看着山顶出现雨云。我们看着干燥的赭石土变成了赤陶土。我们看着博士茶针状叶子上的灰尘被冲刷干净，露出鲜艳的绿色。

在开车过来的路上，弗里基说这次真的要撞大运了，太不可思议了。不管你是多么聪明的农民，如果不下雨，你的庄稼也会颗粒无收。这不是你能控制的。农民都知道，收成好不好靠的是运气，尤其是在气候变化无常的时候，以及干旱持续时间久、旱灾越演越烈的时候。我们在旱季中期，在干旱期间，目睹了降雨。这场雨并非匆匆而过，洒下零星小雨作罢，而是倾盆而下，稍做停留，不断地向土壤深处和植物的根部渗透。闪电在我们头顶嘶嘶作响，雷声在群山间回响。

我曾经在玻利维亚安第斯山脉被闪电击中过，那时候我还没开始接触茶业。当然，我活了下来，但每次闪电照亮天空时，我都会不由得战栗，一种令人作呕的战栗。那天下午的闪电却在提醒我自己是多么幸运：我躲过了闪电的侵袭，我挨过了两次癌症，我从冰川上摔下来过，我还掉进过激流，但都安然无恙。我写这本书时经营着一家已经开了十四年的公司，这与机遇有很大关系。我曾经前途迷茫，我知道拯救我的并不总是勤奋或乐观，而是很容易使我走上另一条路的随机行为。

在塞德堡的雨中，和弗里基一起站在博士茶树中间，我感到无比幸运。在沙漠中遇到大雨，被闪电击中后苏醒，在克拉里奇酒店醒来，活检报告呈阴性，能低头盯着冰缝而不是从里面往上看，气喘吁吁地安全回到海滩上，以及发现真正美味的新茶，这些都是值得我珍惜的美好。

我们静静地站在那里见证不平凡的一幕。这时，更不平凡的事情发生了：青蛙开始唱歌。在气候干燥、尘土飞扬的山上，它们从哪里来？潮湿的土地赋予了它们生命，但天知道在这么贫瘠的土地上，这一切怎么发生得这么快。要不是弗里基也在那里，我真的会怀疑是自己产生了幻觉。这在以前是不可能发生的，现在仍然如此。可青蛙就在那儿，它们嘶哑的歌声就像雨声一样真实。

冲泡博士茶

我喜欢喝浓浓的博士茶，所以我会让茶叶浸泡很长时间。我会给每150毫升水配3克茶叶（即每杯一甜点匙茶叶）。建议用开水浸泡2-5分钟。

单独喝味道不错，也可以配上枫糖浆和柠檬，再配上一片薄薄的生姜也很不错。和牛奶一起喝也很棒。在南非，人们喝博士茶的方式和英国人喝红茶的方式很相似——加牛奶和糖。博士茶的颜色令人惊艳。

将其放凉后配上冰块喝也很美味。若你宿醉后感觉自己像在停车场走失的孩子，你还可以在博士茶里加一勺香草冰激凌。

第十章

日本·京都

我不太会珍惜自己的好运。但在冒险之初，我确实得到了一些人不情不愿的指点，这些指点给了我很大的帮助。创业的艰辛让我心力交瘁，于是我来到了京都的佛教禅寺龙安寺，和一位僧人一起喝茶，向他讨要忠告，他却不愿开金口。

那时正值十一月，天色苍白，寺庙的屋顶上积着厚厚的一层雪。我穿着长筒袜，轻快地走过一间间阴凉、安静、用纸糊墙的房间。那位僧人裹着柔软的羊毛长袍，盘腿坐下，俯瞰着花园。我跪在他面前，双脚都冻麻了。他从一个擦得铮亮的暗红色樱桃树皮包装盒中掏出一个装着抹茶的小金属罐。他一边用长柄竹勺（茶杓）量出抹茶粉，一边抬起头严肃地看着我，观察我有多专注。他用一个由竹竿精雕细琢而成的搅拌器将抹茶和开水混合，直到粉末完全悬浮，他的手腕像最老练的技师一样灵活地转动着。他递给我一个精心制作的不对称的茶碗，抹茶表面覆盖着一层细密的泡沫，他还给了我一块小小的红豆饼。

　　我用手包裹着茶碗取暖，双手托着茶碗将其慢慢地送到唇边。僧人凝视着我。这茶爽滑、醇厚、耐人寻味，达到了一种不同寻常的平衡，既色泽亮丽、味苦、浓烈，又带有青草味，顺滑、温和。强烈的快感让我不由自主地笑了。他冲红豆饼点了点头。我放下茶碗，咬了一小口红豆饼，感觉自己像爱丽丝。我满嘴都是淡淡的、黏黏的甜味。我又端起茶碗，抿了一口抹茶。甜味因丝滑的抹茶融化了，只留下浓浓的茶香。

　　那次旅行来去匆忙，就像我生命中的大部分时间一样，总是在全速冲刺。在日本待着总是让我心神不宁。我能明显地感觉到自己的格格不入，在别的国家都没有这么强烈的陌生感。以过马路为例。在东京，一到午餐时间，人们就成群结队地拥出写字楼。过马路时，他们不会像伦敦人或纽约人那样直面车流，希望以严肃而坚定的眼神逼停数吨飞驰而过的车辆。他们不会像你在墨西哥城那样，在川流不息的车流中进退不定。这里不像印度德里，汽车、行人和牛在混乱中互相躲避，有惊无险地顺利通行。在东京，人们会耐心等待。伴随着如小鸟啾啾鸣叫般的电子声，他们会小声嘀咕着穿过马路。有一次，在沿海小城官城，我想穿过一条空无一人的街道。因为时间和地点都不合适，有人严厉地阻拦了我。就在我离开几天后，毁灭性的海啸袭来。那位纠正我不当行为的先生诠释了那里的人不可思议的自制力。尽管巨大的水墙在他们身后横冲直撞，可逃命的人们还是在红灯前停下了车。

到达寺庙就像冲进了太空，我突然有了失重的感觉。这里有一个没有水的"水景花园"。龙安寺是和平时期的龙庙，被认为是现存最好的"枯山水庭院"。它被列为古京都的历史古迹，还被联合国教科文组织列为世界遗产。长满青苔的大石块被白雪覆盖着，稳稳当当地排列在耙得整整齐齐的沙砾中。数千年的专业技能造就了这个花园。每一块石头都在合适的位置上，砾石中的每一个旋涡都在石头之间和谐地旋转着。听起来似乎规整得令人不悦，但在冬日温和的阳光下，在木制阳台上等候时，你会体味到它的大气与优雅的平静。

我们在品尝抹茶时，僧人俯瞰着整个花园。我问他，对像我这样居住在城市、终日步履匆匆的人有什么忠告。他没有回答，只是平静地看着我，等着我问下一个问题。见我追问，他大为不悦，声称这个问题问得不妥，他又不是我说的那类人，怎么可能知道答案。

我一再追问。他解释说他是禅宗僧人，住在能俯瞰"水景花园"的寺庙里。他不赶时间，所以没有办法给我这方面的忠告。这说得自然在理，但我当时很困惑，我原指望他能传授一些睿智之言。我很惭愧地告诉你，我本以为我料到了他会说什么。花园让我嘈杂的头脑安静了片刻，我以为他会建议我放慢脚步，花点儿时间去享受慢生活。与其说我是在征求他的意见，不如说我是在请他告诉我我自以为知道的事情。

　　事实正好相反，他生气地说，如果一定要他提供建议，那就是去做他在做的事情：尽可能地享受自己所拥有的生活。

　　我过的是一种迅捷狂乱、四处漂泊的生活。是我选择了这样的生活，从此踏上了冒险之旅，从纳税申报、集装箱货运船到寂静的远山，冒险如影随形。我意识到我不需要改变自己的生活，只要尽可能快乐地过我为自己创造的生活就好了。

　　请原谅我说出了一个显而易见的事实：生活并不总是美好的，也不可能都是美好的。我们有堆积如山的文案工作，更不用提令人反胃的电子邮件超载、生病和失去亲友等糟心事了。但生活中也有许多美好的瞬间。我不知道你的生活是什么样子。我不敢建议你该如何生活，但有一件小事是我坚信不疑的：从品茶中找到最大的乐趣。

　　说到抹茶，它是礼仪级别的。最好的茶是由采摘前几周未被阳光直射的叶子制成的，比如玉露茶。被覆盖后不受阳

光直射的植物会努力进行光合作用，浓缩叶绿素、茶氨酸和鲜味，形成深绿色。这种叶子很容易蒸熟，晒干后就成了碾茶。然后将它去茎，在陶瓷或石磨盘之间仔细研磨，制成细粉。研磨的时候一定要小心，越慢越好，以免产生热量把茶叶烤熟。研磨一千克茶叶可能需要二十四个小时。

礼仪级别的抹茶令人叫绝，但价格相当昂贵。它是用最珍贵的茶叶制成的，而且生产成本一点儿也不便宜，所以请不要对它的价格感到惊讶。

抹茶不是茶叶浸泡后的汁液，它本身就是茶叶，是用茶叶碾磨成的粉末，用水冲泡后会悬浮在水中。你喝下的是茶叶磨成的细粉，所以你能同时感受到茶叶和咖啡因的味道。我建议你少量饮用，这种茶后劲足。你在喝抹茶时应该搭配些又甜又黏的点心，以平衡茶里咖啡因的苦味，还能起到养胃的作用。就像喝浓缩咖啡或威士忌一样，空腹喝可能会有点儿伤胃。

如果用抹茶做美食，成本会低些，因为不需要用这么昂贵、优质的茶叶，加工过程也不需要这么仔细。

如果要做抹茶拿铁，我不会用最好的抹茶，因为牛奶会掩盖抹茶的味道，用了会显得浪费，但我还是会用礼仪级别的抹茶。有机抹茶也值得一试。日本的耕地有限，劳动力成本非常高，因此茶农往往热衷于通过大量使用化肥和农药来最大限度地提高产量，并尽可能依赖大量的除草剂将除草的工作量减少到最低限度。

冲泡抹茶

· 热茶

将3克抹茶（用传统的竹茶勺舀的话只需两勺）倒入一个深面陶瓷抹茶碗中，将60~70毫升开水（半杯水）加热至70℃左右。有些人喜欢80℃的水，这样单宁的味道更重些。

向抹茶碗中倒入大约10毫升水，覆盖住抹茶即可，然后将其搅拌成没有结块的细糊状。再倒入剩余的水，呈"M"形或"W"形大力搅拌，使细粉均匀地悬浮在水中，形成细泡沫。尽量不要让搅拌器的底部碰到碗的底部。（制作抹茶拿铁时，按照上述指令先将抹茶搅拌成细糊状，然后用热牛奶代替剩余的水即可。）然后直接端起碗喝。

用竹制搅拌器将细腻的粉末搅拌成轻盈的泡沫，这本身就是一种乐趣。我真的不会用电动奶泡机。搅拌很简单，没必要用电动的，它给不了你同样顺滑的口感。

在长时间的冥想中，僧侣们通过啜饮抹茶来集中注意力。双手捧着温热的茶碗喝抹茶，会让你提神醒脑。

· 冷茶

要想省着用礼仪级抹茶，也有方法，就是冷萃取。冷萃抹茶没有那么浓，茶性更温和，更适合普通人饮用，尤其是在早餐的时候。每升水只需3克抹茶。先用搅拌器在10毫升凉开水中将抹茶搅拌成糊状，然后再加1升的水稀释，之后用力摇晃。细粉很快就会被泡开，不到1个小时就能泡好。也可以调制抹茶鸡尾酒，提神醒脑不说，还不会惹出麻烦。

第十一章

尼泊尔东部·希尔

当然，茶的作用远不止拯救和治疗。它还是纯粹快乐的来源，光是它的味道就能让你心满意足。

对于午前茶，我特别偏爱尼泊尔红茶，也许还会来块姜饼。确切地说，我偏爱的是尼泊尔月光茶场出产的茶。这个小茶场出产的茶总能让我感受到快乐，它们迫使我停下来好好享受。我们在办公室喝了很多这种茶，只要放一杯在我面前，我就会对飘散的茶香赞不绝口。这种茶绝对会让你百喝不厌。

捧着一杯尼泊尔茶，我的思绪不仅可以回到茶场，还可以回到童年时代。它会让我想起我的母亲，她穿戴整齐，准备出去吃饭前会过来吻我，跟我说晚安。我很少看到她"面带笑容"，她的睫毛涂得黑黑的，头发用雅蝶喷发胶定型。在那些特殊的场合，当她弯下腰来吻我的时候，我会闻到一股香味。她光滑的脸颊散发着淡淡的香粉味，但最重要的是她身上那令人陶醉的香水味。那香味若有若无，她喷得不多，所以你必须挨近她才能闻到。

对我母亲来说，喷香水就好比戴上昂贵的珠宝，可不是日常的打扮。在小时候的我看来，喷香水的她就像是变了一个人，变得无比迷人。她在我床边待一会儿就走开了。她那天穿着裙子，而不是平时穿的牛仔裤，举手投足似乎也与往常不同，显得更慵懒，还多了点儿温柔。她不再是那个终日忙忙碌碌的母亲，每天都急急忙忙地赶着去上班，催我做好准备，安排我们的生活，照顾整个家庭，做着没完没了的家务，根本没时间闲下来。我感受到了她的激动。我立刻感到在家里的床上待着很安全，还有机会窥视大人的冒险世界。

生长在喜马拉雅山麓的尼泊尔茶唤起了我心里的那种感觉。它是红茶中香味最浓的，它的清香层层叠叠，充满异国情调，温暖而舒适。

当冬天来临，周围的一切都停止运转时，我尤其需要喝尼泊尔茶。我会坐在窗边喝这种午前茶，看着风中的雨点敲打着玻璃，秋天的光线慢慢变得苍白。它适合白天不断缩短的落叶季节，两者是一种完美的搭配，就像普洱茶配野蘑菇吐司，或者下午茶搭配加果酱和奶油的司康饼一样。这种尼泊尔茶可以抚慰即将逝去的夏日，它的甜味在白色的天空和雨水的映衬下会让人想起落叶的香气，以及最后一株金银花萦绕在树篱间的芬芳。

喝第二杯这样的香茶时，可以尝试搭配一块可可含量高的黑巧克力。此刻，我正一边敲打着键盘，一边望着在九月的田野上蔓延的阳光和树荫，享用着一种手工揉捻的尼泊尔

茶，茶里含有可可含量高达85%的黑巧克力。第二杯茶更柔和，香气更淡些，但口感更浓郁。喝一口茶，上几口巧克力就会在我滚烫的嘴里融化。下一口茶喝起来则像热巧克力，但口感纯净如水。它既口感浓郁，又纯净如水，最好的快乐大抵如此。

　　这种茶生长在尼泊尔东部小山城希尔附近一个海拔1835米的茶场。茶场的主人是洛坎和巴坎两兄弟，实际管理人是一个叫莫里斯·奥查德的小伙子，他非常能干。从他的名字来看，我不知道第一次飞去尼泊尔见他会发生什么。我以为他是个戴着软木遮阳帽、上了年纪的英国种植园主。一开始和我联系的是巴坎，他是尼泊尔人，非常聪明，也非常热情，他带着珍贵的茶叶去了我在伦敦的办公室。他看着我爱上了他的茶，眼里尽是喜悦。我不太会隐藏情绪。喝了几口之后，我就下决心去参观他的茶园。

第一次去那儿，我带上了摄影师好友保罗·温奇·弗内斯。巴坎在加德满都与我们碰头后，一起开始了一段相当刺激的茶场之旅。我们一开始乘坐的是一架破旧的小飞机，它像一只垂头丧气的老鹰，从一个山顶飞往另一个山顶。然后，我们驱车向下驶入热气腾腾的山谷，穿过杂乱无章的村庄，再次向上驶入群山。

在一个山顶上，我们停车去路边喝马萨拉茶（加了香料的茶）。在一间黑暗的木屋里，一位穿着草绿色莎丽、笑容满面的女士在明火上给我们做马萨拉茶。她的丈夫和女儿在她身边忙碌着，他们在用一口大锅煮五香面。我们坐在屋外倒置的油罐上，喝着香甜的乳白色的茶。

我不太喜欢往茶里加牛奶——这完全是我的个人喜好。如果你喜欢在杯子里加一滴牛奶的话，请不要认为我是在贬低你的品位。大家各取所需就好。我只想品尝每一种清淡的味道，而牛奶会冲淡那些味道。但马萨拉茶不是那种口味清淡的茶，而是一种用牛奶煮过的红茶，还加了香料。

印度、尼泊尔和斯里兰卡的当地人没有喝茶的历史。英国人把茶叶传给了他们（同时带去的还有别的好东西，也有许多可怕的东西），但他们把最好的茶叶留作出口。即便如此，剩下的茶叶价格依旧昂贵，远远超出了大多数人的购买力。他们能买到的是生产到最后剩下的最低等、最苦涩、最细小的颗粒。为了改善其口感，他们不得不稍做加工。在印度，普通人不常在家喝茶，但富人和住在大城市的人们则有在家喝茶的习惯。马萨拉茶常见于旅行途中，在街上或火车上都能买到这种美味的茶。它安全无毒，经水煮沸过，热腾腾、甜丝丝的。它能帮你缓解旅途的艰辛，刺激你振作起来，继续踏上征程。

我不仅不经常在茶里放牛奶，我还不喜欢吃甜食。我也不在茶里放糖。但马萨拉茶不仅仅是茶，它是一种用茶制成的饮品，茶只是其中的一种成分，并不是重点。茶作为一种配料使用时，可以带来麦芽、焦糖或坚果的味道，也可以带来青草、蔬菜的味道，还有许多其他的味道。毕竟，茶是草本植物，有很多变种。茶的种类比牛至、小豆蔻或罗勒的种类还要多。而马萨拉茶就是根据茶色深、味苦的特性调制出的又甜又辣的饮品。

它既是茶又是点心，所以是一款相当不错的几合一的午前茶。

冲泡马萨拉茶

· 不加牛奶

如果你用上好的茶叶做马萨拉茶，就不必把茶叶放在牛奶里煮。当然，不加牛奶的话，味道会完全不同。那是一种更清淡的调味红茶，单宁含量不高，因此不需要添加牛奶和糖来改善口感。但在杯子里倒一点儿冷牛奶也是不错的选择。

香料的比例，你可以自行决定。以下是我调制马萨拉茶的成分比例：

250克尼泊尔茶

3克黑胡椒粒

3克丁香

8克绿色小豆蔻

一根肉桂棒（或20克肉桂粉）

6克干姜（或者将一块新鲜生姜切片后放入杯中，这样更好）

用杵和臼研磨香料，或者用香料研磨机研磨。将磨碎的香料加入干茶中，搅拌后静置几天，待其混合成香料茶。

冲泡时，每150毫升水中加入2.5克香料茶，加热至80℃或90℃。

· 加牛奶

如果你想喝更传统的马萨拉茶，可以用浓郁的早餐茶或阿萨姆茶来代替尼泊尔茶，再按照之前的做法制作香料茶。然后在一锅牛奶中加入香料茶，将其煮沸。每150毫升牛奶中加入2.5克香料茶。用新鲜的姜，不要用干的。加糖调味。

你也可以单独泡一壶浓红茶，然后将其和加了香料的牛奶混着喝。

在尼泊尔的那条山路上，我很好奇，想看看所用茶叶的品质，于是我请那位女士给我看看茶叶。那些茶叶是机器加工的，不是传统的手工制作茶。那间屋顶铺着防水油布的路边小木屋所在的地方属于世界上最贫穷的国家之一。可是小木屋的主人给我看的机器加工的茶叶却远远优于大多数英国袋泡茶的等级。加工好的茶叶从机器里出来时，会按重量和颗粒大小进行分级。最大、最重的颗粒等级最高，味道最好。路边那位女士手里拿着的是茶叶，而不是被称为"茶叶末"的微小颗粒。"茶叶末"是大型工业机器生产的最低等级、最便宜的茶叶。如果你撕开一包英国袋泡茶，你可能会发现这种茶叶末。有意思的是，最高等级的机器加工的茶叶往往被最贫穷的国家买走，比如北非、阿富汗和乌拉尔。在生活艰难却有喝茶传统的地方，人们喝的是他们能喝得起的最高品质的茶。讽刺的是，英国人明明买得起最好的茶叶，却在过去的七十多年间一直喝着品质最次的茶。

第一次去尼泊尔，我还去看了月光茶场的茶园，那段回忆就像一根钢梁一样牢牢地扎在我的脑海里。我至今仍然能回忆起路边马萨拉茶的味道，还能想象出用来盛茶的厚重陶瓷杯的样子，那是20世纪70年代的厨房里常见的样式。无论我的记性有多差——我的记忆力似乎真的有日益衰退的迹象，想不起名字，不记得谈话的细节和许下的承诺——马萨拉茶的味道和刻骨铭心的冒险经历我都不曾忘记。尼泊尔独有的特色仍然没有变，还是那么强烈，让人无法忘怀。它给人留下的不是那种"哦，那个很漂亮"的感觉，伦敦街头灰色露台上的粉色大门、安达卢西亚白色街道上的一盆红色天竺葵都会给人留下这类惊艳的印象。我的意思是，尼泊尔的一切都令人印象深刻。你在尼泊尔看到的每一个地方都是经过美化的。在那里，你见识了贫穷，真正的贫穷，那里的人们几乎一无所有，但他们把仅有的东西装点得如此璀璨。哪怕是最简陋的小屋，也像宝石一样明亮。

我们驱车慢慢穿过一个个小村庄，窥视当地人的生活。一个男人向前弯着腰，在一扇粉红色的波纹铁门前扯着一根水管洗头；阴暗的房子里，一张张面孔贴着孔雀蓝窗框向外张望；车夫们在装饰得五彩缤纷的人力车后座上打盹儿，等着客人搭车。去茶场的路上，我们驱车从日出到日落颠簸了一路，也聊了一路，目光所及全是鲜艳的色彩。

彩绘卡车像狂欢节的彩车一样川流不息，人们站在道路两旁。我们在路上看到的男男女女，有的坐在门口，有的坐在树下，有的坐在摊位旁边的椅子上，耐心地等待卡车靠边，等着卡车开走。那些男人大多穿着格子短袖衬衫和牛仔裤。女人们则裹着鲜艳的莎丽，披着金线围巾，围巾编织得像苏格兰的花格图案。

当我们驱车攀上喜马拉雅山麓时，空气渐渐变得稀薄，周围的色彩也变得柔和起来。地势较高的村庄就没那么闹腾了，尘土飞扬，几乎满眼都是灰褐色。这里的植被越来越稀疏，房屋也越来越简陋、越来越破旧，直到我们驶进泛着绿光的月光茶场。

我们在茶场经理莫里斯·奥查德居住的简易平房前停下车，他走出来迎接我们。走在他身后的是他的妻子和有些腼腆的女儿，还有一个活泼好动的小男孩在他们中间奔来跑去。尽管我根据莫里斯这个名字猜测他是个英国种植园主，但他其实是尼泊尔人。他的曾祖父是一位英国茶叶种植园主，这个名字一直延续了下来。他出身于一个茶道世家，祖祖辈辈都在尼泊尔和印度工作，但莫里斯和祖辈们都不一样。

他一边喝着一杯尝起来有点儿像融化的麦丽素的巧克力味红茶，一边解释他精心制作这种上好茶叶的原因。他曾多次与种茶的父亲争论这样一个问题：这个小小的茶园只制作最好的传统手揉茶，而且所有的茶叶都选择有机种植，这是不是明智之举？对一些茶农来说，对使用化学物质的好处视而不见就好比信奉基督教的科学家回避使用药物一样，注重

质量而不是数量看起来像是在拿钱冒险。尼泊尔并不是一个可以承担试错成本的地方。

莫里斯尊重他的父亲，但他正在与巴坎和洛坎一起证明这种新的观点是可行的。他们的理由很简单，就是声誉和可持续性。如果他们的茶场想世世代代兴旺发达，就必须生产出有价值的茶叶，并保持丰富的生物多样性，而消灭所有昆虫和草药永远无法改善生物多样性。我们一边谈论欧洲蜜蜂数量的下降，一边穿梭在长满野花的茶树间。蝴蝶在围着茶树飞舞，瓢虫在茶叶上捉虫，蟋蟀的叫声响彻茶园。你总能从一排排茶树旁的茂密绿叶看出一个茶场是不是有机茶场。虽然这些杂草会与茶树争夺养分，但只要精心管理、小心除草，它们还是可以与茶树共生的。它们不仅可以使土地肥沃，还能防止土壤侵蚀和水分蒸发。它们为野生茶树营造了肥沃的生长环境，如此一来，采摘下来的茶叶才能沏得出好得出奇的茶。

就像我合作的几个茶场一样，月光茶场规模太小了，无力承担认证有机茶场所需的巨额费用，也无暇办理烦琐的手续。有些茶农没有电脑，也不具备处理大量外国文书工作所需的技能。我在瑞士检测过这种茶叶。最好是由我的茶叶公司来承担证明他们的茶叶优质的责任，而不是由制作好茶的茶场来承担。我不希望小型茶场仅仅因为缺乏大型企业所拥有的认证资金而处于劣势。

莫里斯长着一张圆脸，一皱脸皮，笑容就挂在了脸上。但他也有严肃的一面，就像马拉维塞坦瓦茶园的亚历山大一样，这种严肃来自他对这片土地以及在这片土地上生活和工作的茶农所负有的责任。这两个人都非常温柔体贴，甚至沉默寡言，但他们身上有着改革者特有的顽强特质和坚定的决心。要生产出真正的好茶，需要一个做事非常细致的男人或女人；在自己所做事情的价值得不到认同的情况下，他们还需要一种难以置信的意志力。他们寄希望于一个尚不存在的世界。他们把自己的未来，以及所有那些靠他们维持生计（如果不是性命的话）的人的未来，寄托在一次非常勇敢、有远见的冒险上：如果他们生产出真正的好茶，全世界的人都会埋单，我们就可以一起打破这个没有未来的恶性循环。

他们试图改变的是逐底竞争：花更少的钱购买更多的茶叶。外国买家渴望为茶叶支付更低的价格，以便在不断下滑的市场中维持他们的利润。我们西方人喝袋装红茶喝得少了，大公司想出的解决办法就是降低茶叶的收购价格。

这对尼泊尔、印度、斯里兰卡和东非等地的影响是毁灭性的，而且茶园的前景也会变得更加暗淡。当生产成本超过大型采购商愿意支付的价格时，很容易看出茶园前途渺茫。除了规模庞大的农业企业，所有小型茶园的未来都很严峻，除非他们推陈出新。大胆的改变是为了让茶叶变得更加优质，并在新的市场上为茶叶争取更好的价格，而不是让茶叶变得更加便宜。公平的交易就该是好茶卖得好价钱。

莫里斯的妻子把我们迎进了他们家。保罗和巴坎住一间房，我住另一间。这两个房间原本是孩子们的卧室，这会儿腾出来给我们住。他们一家人都睡在莫里斯和他妻子的卧房里。

莫里斯的妻子不太会说英语，他们的女儿性格腼腆，儿子还很小，但我们七个人每次围坐在一起吃着粗茶淡饭都聊得非常愉快。早餐、午餐和晚餐时间，餐桌上都会摆满蔬菜咖喱和米饭。除了这些菜，还有大量的酸辣酱——甜的、苦的、辣的、咸的——每一种的味道都浓郁而独特。随便哪一种挖上一小勺，都能改变嘴里的味道，让一道简单的菜变得无比复杂。对我而言，那张餐桌承载的感官记忆几乎和品茶室一样多。与我有幸合作过的许多出色的大厨一样，莫里斯的妻子和给她打下手的两个村里来的女孩也很有做饭天赋。

莫里斯的妻子穿着华丽的莎丽，一条尼泊尔风格的围巾巧妙地搭在她的胸前和肩上，即使做饭的时候也是如此，但她从来不会弄脏光亮的布料。旧金山有一位才华横溢、富有创意的主厨，名叫科里·李。他有一家名叫Benu的米其林三星餐厅，不仅因精致的食物闻名，还因厨房一尘不染和厨师服最白而闻名。他那里供应莫里斯的茶。我希望有一天这两个人能见一面——科里穿着白色厨师服，莫里斯的妻子穿着莎丽——一起做饭，互相查看对方的食品柜，结果发现一样洁净。

从莫里斯的平房往下走几步就能看到茶场，里面有古老的铜制卷扬机、长长的阴凉萎凋室和烧柴的烘干机。在月光

茶场看到的景色是我见过的最令人惊艳的景色之一。短短几分钟，你看到的景色就会完全消失在厚厚的云层后面，所以你只能看到前方几米远的地方。然后，突然间，云层向后退去，郁郁葱葱的深谷和高坡显露出来。到了夜晚，稀稀拉拉地分布在喜马拉雅肥沃山麓的房屋里会射出针状光亮，点缀黑暗的夜幕。

茶园坐落在山脊上，地势陡峭。这是一个只有几英亩[①]宝贵土地的小茶场，每年只能生产几百千克茶叶。当你想到一个大型工业化茶场每周生产几百千克茶叶，一年能生产几千吨茶叶时，你就会对其规模有个大概的了解。莫里斯带我们绕着茶园转了转。那时正值四月初，我们漫步在茶树丛中，观赏着春茶。茶树色泽鲜艳，茶叶在潮湿的空气中闪闪发光。成熟的夏茶坚硬而有光泽，就像药盒的搪瓷盖或甲虫光滑的背部，而春茶呈豌豆绿色，嫩嫩的，有时边缘呈粉色或红色。若你摘下柔软的茶梗，嚼上几口，感觉像是在英国的田野里采摘的鲜草，但味道要浓烈一千倍。

第一次去月光茶场的途中，保罗不停地按快门，记录我们的冒险之旅。我最美好的时光是和采茶工人一起度过的，学习他们的采茶技术，了解他们会采摘哪些叶子，又会留下哪些叶子。这种最特别的茶叶，在采摘时需要格外专业，要有所选择。和茶场的采茶工人待在一起，观察他们小心翼

---

① 1英亩约合4047平方米。——译者注

翼、耐心细致地制作茶叶并分类，也同样令人着迷。我想和他们一起揉茶，就试了试。

起初，他们被我的指甲油和戒指吓坏了。一个合格的茶女郎，指甲应该又短又干净，而且不加任何修饰。我的指甲油比较奇特，能持续两周不掉色，需要专业人员才能去除。如果你要给你的手拍照，涂指甲油没什么问题，麻烦的是我没办法洗掉，而这会给茶场的女工们留下不好的印象。她们让我摘下戒指，还很有礼貌地称赞我的戒指好看，但我看得出来，她们只是客套一下，并不是真的觉得好看。每一位采茶女工的耳朵和脖子上都戴着华丽的珠宝，全都是黄金做的，大部分还镶着宝石。她们把家当随身携带，随时随地都可以欣赏。

她们用围巾包住我的头发，我盘腿坐在两个采茶技术最娴熟的女人中间。在尼泊尔，手工揉茶的工作全由女人包办。男人没有耐心，手不够灵巧，也不够柔软，干不好揉捻茶叶的活儿。而在中国（包括台湾地区）和日本，手工揉茶通常是男人的工作，女人揉茶的技能还赶不上男人。

她们教我如何双手捧起一把茶叶再双手合上，右手在上，左手在下，把茶叶包裹在手掌之间。我用右手手指紧抓着左手手背，按照顺时针的方向，动作轻柔地、稳稳地揉捻着茶叶。右手每转一下，茶叶都会跟着转动，理想情况下，每一片茶叶都会被轻轻地碾碎。茶油暴露在空气中，氧化作用就开始了。手掌转动的技巧以及按压的力度都有着不可思议的细微差别，并且技巧和力度还会根据茶叶的采摘批次和茶田环境，以及莫里斯和他的团队试图推广的口味而有所不同。

不用说，我的努力不太管用。每当我伸出手展示新出炉的劳动成果时，女人们都会苦笑着摇摇头，然后从我手中接过茶叶，小心翼翼地重揉一次。揉茶的时候，我看到她们抬头疑惑地看着我，但时间久了，她们就放松了。我低着头专心干活儿，把在伦敦办公室里的所有想法和大脑里不断的咆哮抛在脑后。我并不是说干了一个下午我就成了手工揉茶大师，但我对这项工作的精妙复杂性有了一定的了解，我揉捻过的一些茶叶被放入了公共茶叶堆里。

我也是这样和中国安溪的采茶女工们一起干活儿的，她们要挑选出最好的铁观音乌龙茶。一天早上，我坐在那里看她们整理成品茶，她们允许我也参与进来。她们把烤过头的茶叶、颜色太淡的茶叶或破碎的茶叶都挑了出来，这样一来，只有揉得好看的翠绿色茶叶才能留到最后。铁观音乌龙茶的等级和价格在一定程度上取决于最后一道至关重要的流程——分拣。我花了几个小时才搞明白最基本的分类标准。最后，我终于鼓起勇气，小心地捧起一把茶叶，独立完成了分拣。然后我把分拣好的茶叶转交给我旁边的采茶女工，她重新进行分拣，把不合格的茶叶交还给我。就这样，经过一次次的动手实践，我学会了分拣茶叶。

在月光茶场，我和那些将机器轧好的成品茶叶进行分拣的采茶女工们坐在一起。请不要把揉茶设备想成有电子电路和闪光灯的东西，那是一件坚固的维多利亚式铁器，上面有两块带棱纹的黄铜板。这种传统茶被称为手工制作茶，因为它是由一个男人或女人用精练的技巧小批量制作的，就像木匠用凿子或陶工用轮子一样。

在我们去月光茶场之前，保罗从未品尝过让他真正喜欢的红茶。他更喜欢喝绿茶。我能看出他那天早上在拍摄我品尝和挑选要买的茶叶时很紧张。当你在画廊里给你的朋友看你最喜欢的画，或者给他们播放你最喜欢的音乐，或者一起看你最喜欢的电影，而他们却无法对你喜欢的东西产生兴趣，这对你来说真的是个打击，可能还是致命的打击。保罗可能不只是会让我失望，更重要的是会让莫里斯失望。

如果你看了我写的这本关于茶的书而没有被触动，我会原谅你。但如果我给你泡一杯月光茶场的茶，我会像莫里斯·奥查德一样有信心，相信它会引起非常积极的回应。我们看着保罗第一次试探性地啜饮，他一直低垂着眼睛。他之前看走眼了。他抬起头直直地盯着莫里斯，笑得两眼放光。你可以看到他脸上满是轻松和愉悦的神情。莫里斯也笑了。

第十二章

中国台湾·台东

抛开选择的压力不谈，不知道自己会得到什么，这种感觉让我着迷，我喜欢带有惊喜的刺激，喜欢第一次品尝某种东西的感觉。我经常看着中文菜单随意点菜，希望随便一指就能点到最好吃的那道菜。我没有抱太大的希望。虽然我内心有些忐忑不安，但更多的是欣喜。

来到中国台湾的台北火车站，上车前我停下来去买午餐。我随便挑了一个摊位，更确切地说，是摆摊位的几位女士选择了我，把我拦了下来。她们给我挑了包子（像是松软的白色小圆面包），朝我点点头让我放心，然后从我的钱包里拿走了钞票。那些包子竟然是热的，里面塞满了又黏又辣的猪肉丝。

火车开往台东，从台北往北要花四个半小时，火车上没有无线网络。遗憾的是，火车行驶到半路时天就黑了，所以我看不清窗外的景色。我坐在座位上，透过深色玻璃的反光看着其他乘客，听着《巴赫大提琴组曲》，感觉自己像个少女，心头涌起一阵喜悦。我对自己要去的地方一无所知，也不知道到站后会是什么情况。我在一片漆黑中下了火车。那个叫大卫的男人却没来接我，我一直跟他通过电子邮件联系，并约好了在车站见面。我离开站台，走出车站，来到大街上。附近仅有一根路灯柱子，灯泡嗞嗞作响，我走到灯下四处张望。空气又热又闷，到处是打转的飞虫。出站的旅客纷纷乘坐等候他们的汽车离开，人越来越少了。我不知道接下来会发生什么。就在我几乎要绝望的时候，一个年轻人喊了我的名字。

大卫开车把我送到了茶场附近的一家旅馆，那儿除了我没有别的客人。我被带到了一间独立的小客房，它是用胶合板隔成的，就像一间比较大的带空调的花园小屋。我穿过参差不齐的花园，走到另一间小屋前，这里算是接待处，有厨房和酒吧，两个男人正坐在暗处喝啤酒。我把手机递给其中一位年轻人，他不会说英语，但他明白我的意思，在我的手机上输入了Wi-Fi密码，然后指了指我们脚下的地。我才明白唯一能用Wi-Fi的地方就在那儿。黑暗中，在台湾中部某个地方的一间小屋外，我查收了电子邮件。网络连接很慢，而周围是成群的蚊子，还能闻到茉莉花的清香。我没有逗留太久。虽然邮件可能很紧急，可我没带驱蚊剂，那些可是有机农田里的凶猛的蚊子。

第二天早上，我如约去了小屋，等大卫来接我。小屋里的那个男人给了我一个五香煎蛋，还有一杯袋泡茶。我把茶包递回给那个男人，摇了摇头，眉头深锁。那男人一脸茫然地看着我。我朝他的小屋望去，里面有一台放满了啤酒的冰柜，还有一个水壶、一个电炉、一台电脑、一个带扬声器的立体声音响和一台时髦的虹吸式咖啡机。深入台湾茶乡，我却喝了一杯好喝的咖啡。我们仿佛来到了伦敦肖迪奇区，因为他穿着带纽扣的短袖衬衫、及膝的战斗短裤，还有白袜子和洁白的运动鞋。

如今中国茶叶贸易的枢纽厦门也是如此。沿着港口有许多咖啡店，遥望着巨大的集装箱船，有钱的年轻人闲来无事常去那里。

气温超过40℃，我穿着衬衫感觉像是穿了一件毛皮大衣。年轻的茶农小魏带我去参观茶园，他个子高高的，腼腆而风趣。虽然他一句英语也不会说，却笑得很欢。我觉得他很有趣。他的朋友大卫给他做翻译。要想出口茶叶，茶农面临的其中一个难题是找到市场，然后再和这个市场沟通。但他们还在想办法——至少这一代人是这样。

第一次去茶园着实让我惊诧，因为这个茶园的海拔高度比我以前去过的茶园都要低。茶田散布在农田周围，小茶苗和新的实验品种被种植在热带水果园之间。茶园看起来像一个商品果蔬园，有些茶田还没有一小块菜田大。政府划出了大片农田，规定那里不能建工厂，也不能从事任何形式的工业生产。这种乌龙茶生长的地方完全是有机的，所有的茶农都必须相信类似的农业生产，尽可能开展密切合作。

在小魏带我参观了一片还没有长出新苗的茶田后，我更喜欢他了。他们试着种下了一种不适合这片土地的新品种，但可怜的幼苗大多枯死了。他想让我明白，他在做实验，并且不怕失败。当然，他也带我去看了肥沃、茂盛的茶田。采茶工人戴着顶部是流苏伞的帽子，尽管烈日炎炎，他们却把全身上下捂得严严实实的。他们把刀片缝在手套里，这样就能把茶叶从茶梗上割下来，而不必直接用手折断。

第一天，小魏和大卫最关心的是我们去哪里吃午饭。这些小村庄没有餐馆。我问他们平常在哪里吃饭，他们有些惴惴不安地看着对方。大卫解释说，那地方很简陋，是为茶农提供服务的。我实话实说，告诉他我就喜欢那种地方。

我有可能曾路过这个地方，它看起来更像是一家肉铺，被厚厚的塑料片遮住了。店铺外面，一群光着膀子的男人正用锅在明火上做饭，气温高达40℃。我们在门帘后面发现了六组塑料桌椅和一台破旧的空调。食客们舒适地坐在装有空调的房间里，厨师们则在正午的高温下挥汗如雨。虽说不管哪里的厨师都要忍受恶劣的工作环境，但这几个男人是真的很辛苦。像所有的厨师一样，他们一边喊着一边笑着，继续为食客们准备饭菜。

巨大的电视屏幕上正在播放一部中国肥皂剧，男人们弓着背坐在桌前，吃着面条，看着报纸，喝着茶。茶闻起来很香。店里没有菜单。在小魏和大卫一番简单的讨论后，一位女服务员给我们端来了食物。摆在我面前的是一大碗白汤，里面全是面条，还有猪肉片和蔬菜。桌上放着辣酱，还有酱油，我把两种酱都倒了进去。我们吃的是汤面，没有配茶。我问原因，他们说："我们吃汤面时不配茶。"我没有争辩。

食客们善意地打量着对方，似乎没有人因为我出现在那里而不悦。没人盯着我看，而是他们看我，我也看他们。我可能是比较粗鲁的那一个，最后被食物吸引了注意力。面条真的很好吃。天气闷热，我以为自己不饿，可当香喷喷的一碗面放在我面前时，我就来了胃口，嘴馋起来。

漫长的午后，我在茶场观看茶农制作不同种类的乌龙茶，一看就是好几个小时。台湾以乌龙茶这种半氧化茶而闻名。乌龙茶不属于绿茶，它兼具绿茶和红茶的特性，但不像红茶那般色泽浓郁。

手指粗糙的茶农用平纹细布不断地把茶叶捆起来又解开。他们把茶叶紧紧地捆成捆，把捆好的茶叶压在铁轧制板之间，奇迹般地揉捻起来。然后，他们解开细布，把茶叶放进烘干机，之后转移到烘烤机上，接着把茶叶放在室外晾干，之后再把它们捆好进行揉捻、烘烤，然后再次解开细布，一举一动像是在跳一支复杂的舞蹈，没有固定的模式。

茶叶经过半氧化才能散发出最细腻的味道，这一切都是通过嗅觉、触觉和感觉来完成的。没有测量，也没有计时，他们自然而然地就掌握了这门手艺。有时茶叶要在烤箱里烤二十秒，有时是两分钟；有时茶叶需要放置几天，有时是几个小时。所有这些工序都是由男人完成的，他们在春天制作茶叶，在夏天和冬天从事其他工作，比如做木工、跑工程，或者在自己的土地上种些其他作物。

这些小块的土地被捆绑在一起，不仅仅是因为种了相同的作物，还因为需要男人们的技能和劳动力。这一个月，茶农可能在切菠萝；到了下一个月，他可能就在采摘和制作茶叶了。这是费拉·桑德斯在演奏极其复杂的自由爵士乐，而不是皇家爱乐乐团在按活页乐谱演奏。

据我所见，这种专业水平会给人一种庄严的感觉，中国了不起的乌龙茶技师们有时也会给人这种感觉。在小魏的茶场，他们轻松地发挥着自己的专长。纽约东村的Momofuku's Ssäm Bar餐厅同样不会自卖自夸，那里制作餐后茶的茶叶就来自小魏的茶场。茶和猪肉包子是简单而完美的搭配，和中国台湾农民喜欢吃的食物没什么两样。滑溜溜、黏糊糊、油腻腻的猪肉馅和松松软软的包子皮，会让你的嘴巴留有余香。小魏的日落乌龙茶具有消化饼干的鲜味，或是像没有任何酸味的陈年香槟。它能突出猪肉的多汁性，重新激活味蕾，让你想再尝一口。

茶配食物并不是什么新鲜事。只不过，除了早餐，我们西方人已经放弃了这样的饮食习惯。在中国和亚洲的大部分国家，无论是高档的餐厅还是简陋的街边摊，每顿饭都仍然提供茶，哪顿饭不喝茶就会很奇怪。过去，这在英国也很正常。在英格兰北部，晚餐通常被称为"茶"，因为过去一家人是围坐在茶壶旁吃饭的。白天，茶就装在我们的保温瓶里，咖啡馆、餐厅和食堂也都提供茶，方便我们吃饭的时候润润嗓子。现在，选择越多，我们越困扰。瓶装水、碳酸饮料和葡萄酒把我们从茶壶旁引开了。这些东西有个共同点，那就是它们几乎都是冷饮。除非是在供应中餐的餐馆，否则我们吃饭时更喜欢喝冷饮，这就是小魏的乌龙茶能在Momofuku餐厅出售的原因。

不过，茶正在重新回归餐厅，这股潮流主要是厨师和侍酒师引领的，他们乐于发现新口味，也乐于重新找回被遗忘的味道。

第十三章

意大利·罗马南部

我应该告诫你的是，喝太多茶会让你兴奋，会让你冲动。

我曾见过大厨们在我的品茶室里蹦来跳去的样子。这是真事儿。他们在咖啡因和新体验的冲击下变得异常兴奋，以致无法坐下来。他们离开椅子，在房间里走来走去，摸摸手工制作的杯子，闻闻茶叶罐，拉开抽屉看看里面的东西。

一开始大厨们甚是矜持，他们端着小小的品茶杯只抿一小口，那杯子不比你的大拇指和食指围成的圈大。他们可能并没有抱太大的期望，所以经常故作矜持。我摆弄着盖碗——一种传统的中国茶具，其实就是一个带盖子的小杯子。因为没有碗嘴，所以所有的香味都留在碗里面。倒茶时，将盖子稍微倾斜一点儿，刚好让茶流出来，把茶叶留在里面。使用盖碗而不会被烫到手指需要练习，但掌握了这个技巧，你就能又快又精准地倒完碗里的茶汤，且茶汤里绝对没有一片茶叶。要是我在他们的厨房里，我会像大厨们炫耀刀功一样摆弄我的盖碗。

等品尝了新的味道，他们就会松开紧抱在胸前的双臂。

当然，我拿出了自己最珍贵的茶叶，给他们讲述了不同味道的茶的故事，作为对他们的鼓励。我们都对食物情有独钟，算得上惺惺相惜。看到他们点头微笑，我越讲越来劲儿。

然后，我们开始闲聊。餐饮业是一个紧密团结的行业。他们从一家餐厅跳槽到另一家餐厅，从一个国家去往另一个国家，往往互相认识，或者有共同的朋友。厨房和前台的人员都长期顶着巨大的压力工作。在一个团队中，每个人都互相依赖，建立起深厚的友谊。这个行业很少会有人树敌。如果你无法适应团队合作，很快就会被辞退，你根本没有时间激化个人恩怨。

我了解不少厨房的内幕，知道谁搬到了哪里，那里又发生了什么事。如果我告诉你我做过的那些不入流的事，比如打架斗殴、在储藏室里做爱；如果我告诉你曾经让我愤怒、疲惫、流泪的破事儿；如果我告诉你打烊后那一个个充斥着混乱、放荡的狂欢之夜……那就没人会喜欢我了。

真实情况并没有这么夸张，但也并非完全不一样。已故的名厨安东尼·鲍代恩写过一本出色的书，叫作《厨室机密》，讲述了20世纪90年代的餐厅生活。他帮助主厨们树立了叛逆巨星的形象，推动他们获得了越来越高的名流地位。年轻的流氓现在像饶舌歌手一样趾高气扬，身上的文身比罪犯的还多。他们的创作才华受到大批粉丝的崇拜。厨房的门在灯火通明的餐厅入口后面的一条幽暗小巷里，和后台入口没有什么不同。社交媒体很擅长抚慰痛苦的自我意识，否则自我意识就会被埋葬在地下厨房。媒体的关注给了这位躲在火炉后面、籍籍无名的天才一个公开亮相的舞台。就像运动员或演员一样，他放下手中的活儿，大汗淋漓，兴奋不已，准备一头扎进享乐主义，这与厨房的严格纪律形成鲜明的对比。

顶尖选手不会沉迷于可卡因。他们不可能一直保持辉煌，他们早就筋疲力尽了。但是，越来越多的年轻人一天工作十六个小时，一周工作六天，从事繁重的体力劳动。请停下来想一想，在餐饮业，这是非常真实的工作时间。这种痛苦真实存在，日复一日，月复一月，没有任何喘息的机会，赚的钱还少得可怜。他们这样做是为了荣誉，为了他们的同伴，并希望有一天能成为超级巨星。他们必须继续前进，更加努力，取得更多的成就。只有极少数人能走出地下室，走进名利场。他们可能会受到诱惑，拿一些东西来阻止自己放弃，或者阻止自己留下来。

如果他们没有在厨房沾染毒品，在外面就很难抵挡住毒品的诱惑。工作时间长得吓人，轮班之间几乎没有休息的时间，一周只休息一天，厨师们可能还希望生活节奏更快一点儿，以充分利用宝贵的休息时间。有人会因此受到伤害。有前途的年轻厨师有能力获得他们的第一次成功、认可或仅仅是责任，但他们并不总能有节制地吸食毒品。吸毒成瘾会导致抑郁，我们不难看出这是如何发生的。

我试着给他们倒茶。就像克里米亚战场上的弗洛伦斯·南丁格尔一样，我的使命是拯救前线那些勇敢的年轻人。当然，我还有别的想法。我想让他们爱上我的茶。茶比可卡因好。它能给他们能量和耐力，而且味道更好，对他们的身体也更有利。我推荐的好东西能让他们精力充沛，而不会让他们筋疲力尽。

不过，大部分情况下，餐厅的厨房是一个快乐、自律的地方。笑声和友情比攻击更普遍。大厨们彼此关爱，他们会为在餐厅共同取得的成就而感到骄傲，这些真的很了不起。他们正在塑造一个令人惊叹的世界。所有这些无畏的奉献永远地改变了国际烹饪界的格局。懒惰、自满几乎没有生存空间。伦敦曾经是后配给时代①的笑柄，食物淡而无味且甘心平庸，如今这里却拥有许多世界上最好的餐厅。北欧人真的会用采来的野菜、蚂蚁和酵素搅拌着吃。在烹饪界，西班牙傲视群雄，而曾经出名的只有海鲜饭。美国是热狗摊和快餐店的发源地，现在在服务方面开拓创新，走在了前列。昔日的领头羊法国现在看起来更像是一匹疲惫的赛马，远远地落在了后面，还活在过去的辉煌中。你拥有的越多，在变革和改造中失去的就越多。不过，巴黎的后街正在发生变化，年轻一代不再依附于前辈。

人们开始在餐厅聚集，在新开张的餐厅外面排队，就像

---

① 二战爆发后，由于物资短缺，英国实行过包括食品在内的生活必需品的配给制度。二战结束后，配给制逐渐退出历史舞台。——译者注

他们过去在夜总会外面排队一样。这是一个令人兴奋的世界。当我和一位国际知名大厨坐在一起喝茶，他或她为以前不为其知和未被探索过的味道而欣喜若狂时，那感觉有点儿像在用吉他即兴演奏，以打动摇滚之神，或者在奥斯卡奖得主面前上演莎士比亚的独白。我们开始品尝越来越多的好茶，一切都变得非常兴奋和快乐。即使是这些坚忍的专业人士，也会为茶倾倒。

所以，我必须提醒你注意两点。

首先，喝好茶的时候要留心，你有可能会喝上瘾，会离不开茶。如果茶真的很好喝，你可能会沉醉其中，一直喝啊喝啊，喝到最后你的心脏会因为咖啡因兴奋得几乎要爆炸。即使是那些习惯了重口味的人，也会被吓到。

其次，快乐可能会让你无所顾忌。除了咖啡因，茶的精致优雅让你神魂颠倒，失去正常的自制力。极度愉快的体验是如此不同寻常，以至我们做出的反应也同样出人意料。

我在意大利的火车上就遇到过这样的事。火车下午2点驶离罗马站。和往常不同的是，我当时正在度假，准备前往南方看望朋友。那天是工作日，我坐在火车上一张带四个座位的桌子旁，那里只有我一个人，还有我的大帽子。我把随身携带的小箱子放在了对面的座位上，又把帽子放在了箱子旁边。

就在火车开出车站的时候，有人在我旁边坐了下来。我正在看书，没有马上抬头。还没看他，我就感觉到他来了。

他就像一座铁塔一样发出嗡嗡声，我小心翼翼地转过头去看他，他对我笑了笑。

"那是你的帽子吗？"

我不好意思地道了歉，然后半起身把手伸到桌子对面拿走了帽子。我的书掉到了地板上。他弯下腰去捡，他的头几乎枕在我的大腿上。

"没事。别管它了。"

我一紧张就会做两件事：泡茶、涂口红。

我掏出粉饼盒，给发红的下巴补了妆。他目不转睛地看着我，我的脸涨得更红了，一直红到了脖子根。我取出口红涂了起来，想趁机冷静下来，平复一下心情，却没什么效果。我端出旅行用的茶具，让他拿我的保温杯去打些热水来。

不是每个人都乐意被陌生人支使着去做某件事。如果你非常温柔地请人帮忙，就好像这是世界上最自然的事情，而且你是在向一位亲爱的朋友求助，有时候还是能如愿的。等他从餐厅回来后，我给自己和他泡了难得一见的乌龙茶。我的包里放了些中国安溪产的高级铁观音乌龙茶。

我们泡了一遍又一遍，喝了一杯又一杯。乌龙茶色泽发绿，散发出花香、果香，尝起来有一股鲜味和甜味。我们不停地喝，直到茶淡得喝不出味道来。他喝茶的时候闭口不言。

我向他解释说，卖给我茶叶的制茶师傅总是会把他当年精心制作的茶叶分成大约十二个等级，就像酿酒师会把葡萄酒分成不同等级一样。我会把所有等级的茶叶都尝个遍，最后挑选三种茶叶。制茶师傅会把我挑的茶叶的价格写在不同的纸上，再把纸放在对应的盖碗前。我们已经认识很多年了，虽然我们无法用同一种语言交流，但我们相处融洽，培养出了默契。制茶师傅知道我的习惯，这时他会走开。

我会把我选的三种茶重新冲泡，并把它们互换位置。只有我知道哪种茶对应他给我写的价格。然后我把他叫回来，他会走到盖碗前一个一个地揭开盖子，依次闻闻盖子内侧凝结的香气。他没有试茶。仅凭碗里浸泡的茶叶散发的气味，他就能把盖碗重新摆放到写有相应价格的纸片前。到目前为止，他从未出过错，这证明他不是随意定价的。

火车上坐在我旁边的那个男人全神贯注地听我讲故事，每喝一口茶，他听得就越认真。让我心动的是，他对我讲的故事很感兴趣，这个故事显然打动了他。他又跑去接了热水。我们又泡了一把新茶。我没有在目的地下车，而是跟着他走了。我戴着宽大的帽子慢吞吞地走着，但还是跑着进了站台。我一刻也不想在座位上待着了。

我们坐上了一辆开着车窗的出租车，朝港口疾驰而去，我努力保持冷静。他领着我走下摇摇晃晃的防波堤，来到一艘停泊在巨大的白色玻璃纤维船之间的木船前。木船很小，有些年头了。它让我想起了伦敦摄政运河边的驳船，它们就停泊在梅达谷和樱草花山的亿万富翁的住宅之间。他说他叫文森特·博纳文图拉，可我不相信他的话。他说着一口流利的英语，词汇量丰富，却故意不说介词。

虽然我们一滴酒也没沾，可我还是觉得自己醉了，难以自持。当然，我是英国人，本来就拘谨。通常我们需要酒精来放松，但是好茶的效果会更好。当太阳从平静的海面上落下时，他坚持要我再泡些茶。他说完便着手在厨房的炉子上用水壶烧水。通常，电话铃响时，我都会忍不住去接；或者水壶发出刺耳的尖叫声时，我会忍不住去把它拎下来。我通常会打破谈话间隙的沉默，会在听到敲门声时想冲过去开门。但那天黄昏，我心神不宁地听着水壶刺耳的尖叫声，没有做出任何反应。

两天后，我要去见几个朋友。他劝我留下来，但我觉得自己没理由跟内心阴暗的人相处。我确信文森特·博纳文图拉是个海盗。我请求他带我上岸去火车站时，我看到他的脸上掠过一丝笑容。他一定会在某个时候让我下船的。

不要走。

他没有大声说出来，但我在出租车后座朝他挥手告别时看到了他的口形。

朋友们问我去了哪里。我回了几条含糊其词的短信，编造了一段与工作任务有关的经历。那段经历很无聊，不会引起更多的疑问。奇怪的是，虽然我很乐意告诉你这件事，可我却不想提及自己当时的鲁莽行为。现在回想起来，我会把这一切都归咎于铁观音。我敢肯定，要不是文森特因第一次尝到那么好喝的茶而表露出的欣喜若狂，我绝对不会做出这么大胆的事。如果不是他那么喜欢茶，事情就不会发展到这一步，都怨他。所以，都是他的错。

冲泡铁观音或任何轧制的乌龙茶

每60毫升水中加入3~9克茶叶。如果你加入9克茶叶，茶即刻就能泡好，且味道浓郁；如果你想慢慢体验，可以加入3克茶叶，或者介于3克和9克之间的量。水量和水温保持不变。

把水加热到95℃，略低于沸点。冲泡茶叶时，水会自然冷却。

首先，你应该冲洗茶叶。倒入少许热水，能盖住茶叶即可，几秒钟后沥出水分，倒掉。这叫作"清洗"，但其实不是在清洗茶叶，而是在软化它们。这些茶叶被揉卷成紧实的球，表面积与体积之比很低。放在热水中快速冲洗后，茶叶会张开，下一次浸泡就会更彻底，茶叶会释放出最初的美妙香气。

现在你可以闻闻茶叶。它释放出来的气味会给你一点儿提示，让你知道下一次冲泡的茶会是什么味道。这是一个激动人心的时刻。

然后，向茶叶中注入60毫升水（不到半个茶杯的量）。如果你只放了少量茶叶，就让它浸泡30秒钟；如果是9克茶叶，你只需深吸一口气，茶就泡好了，可以倒出来了。

你可以将茶汤滤入一个小壶里，然后倒入小碗里品尝，比如清酒杯，其杯口不比你用食指和拇指围成的圆圈大。把壶里的茶倒进这些小碗里，你就可以一口一口地品尝了。当然，还可以和朋友分享。

茶叶可以重复冲泡，最多可以冲泡七次，或者把茶叶泡到没有味道为止。

冲泡期间，你不需要重新把水加热，除非你坐了很长时间，喝得很慢。虽然水会慢慢冷却，但茶叶也在变得柔软，更容易渗透。在稍低的水温下，后期浸泡的茶汤的口感是最好的，如丝般顺滑。但当茶叶几乎泡不出味道时，你可以把水加热到95℃，最后再浸泡一次，可以品尝到干燥的矿物质和最后一丝植物的味道。如果你泡的是大红袍这样生长在武夷山高岩石地面上的深色乌龙茶，这种泡法可以产生令人惊叹的余味。

一款上好的铁观音乌龙茶可以与一种新西兰雷司令干葡萄酒相提并论——一开始满是浓郁的花香，还有一种甜味，但不是黏黏的甜味，更需要靠鼻子闻，而不是靠嘴巴品尝；接下来是一种复杂的、清新的、绿色植物的中味和顺滑、冷硬的口感。

在有关意大利那一章，我本应该提到卡拉布里亚佛手柑对英国茶叶的巨大贡献。正是这种来自意大利南端的苦味柑橘类水果，为格雷伯爵茶增添了魅力。

格雷伯爵的历史与神话故事休戚相关。格雷伯爵（或哪位伯爵）是否与茶叶有关，还有待商榷。我已经设法确定的是，"格雷混合茶"在19世纪60年代末以"尊贵的赞助人"为卖点出售，但直到19世纪80年代才提到一位贵族，至今也没有提到佛手柑油。我能找到的有关佛手柑油的最早记载出现在1837年，当时茶叶代理商Brocksop & Co.面临指控，罪名是在普通茶叶中偷偷混入佛手柑油，谎称它是优质茶叶，并以更高的价格卖出。

格雷伯爵茶是如何以及何时成为一种带有佛手柑香味的红茶的，这一点尚无定论。但这就是我们现在对这个名字的理解。这只是我的想法，可别指望我说的就是真的。

19世纪后期，米兰开始流行在咖啡表面放一点儿柠檬皮来突出咖啡中的柑橘味道。时至今日，依然如此。这个习惯后来在英国也流行起来。事实上，我们的做法有过之而无不及，我们在泡茶时尝试了同样的做法。最早的相关记载并非在杯子里放入一片柠檬，而是放入柠檬皮。果皮中的柔软油脂比水果中刺鼻的柠檬酸更适合与茶搭配。在你的茶里撒上一点儿柠檬油，就像你喝马提尼或意大利浓缩咖啡时那样，可以增强茶的口感。

当一种奇怪而奇妙的柑橘从意大利运来时，一切变得更加果味十足。佛手柑是一种来自卡拉布里亚的苦橙和柠檬的天然杂交品种。这种独特水果的味道和茶很配。但是，与柠檬不同的是，柠檬一年中大部分时间都能在欧洲的某个地方买到，而佛手柑的上市时间非常短，而且供应量非常有限。由于无法随时在杯子里撒入新鲜的果皮，精明的茶叶调配师开始从果皮中提取油脂，然后放入干茶中。

现在你能找到的大多数格雷伯爵茶，包括那些著名的大品牌，都不再含有佛手柑油——一种昂贵且极易挥发的油脂。如果你在橱柜里放一纸盒茶包，佛手柑的香味会很快消失。使用佛手柑"香料"要容易得多，也便宜得多。有时你也会在香料里看到蓝色的小花，那是矢车菊，和味道没有关系。它们确实没有任何味道。我怀疑放入矢车菊是为了迷惑消费者，让茶叶看起来更天然，还能增添美感，掩饰人工的痕迹。

佛手柑原产于意大利南部雷焦卡拉布里亚附近的古老柑橘林。我去的时候碰到了不少志同道合者：香奈儿、娇兰等香水品牌仍在购买真品佛手柑。我也碰到了不怎么如意的事：意大利的这个地方很神秘，保留了不少古老的习俗，尤其当地黑手党组织"光荣会"在那里占据主导地位。我还想继续购买优质的卡拉布里亚佛手柑，所以我要把它留在那里。我很想告诉你我在这个地方的冒险经历，以及我遇到的人和看到的事，但我不会说。我也许鲁莽，但我不傻。

如果你对果皮油脂相对于香料的优点有任何疑问，我建议你拿一袋含有"天然佛手柑香料"的茶包来泡茶，然后取出茶包，打开闻一闻。它闻起来很像你用来清洁浴室的柠檬味产品。然后，你再闻一闻用佛手柑油制成的格雷伯爵茶的茶叶，你就会明白我为什么要冒险去卡拉布里亚，尽管困难重重。那味道简直无与伦比。

冲泡格雷伯爵茶

每150毫升水中加入2.5克茶叶。

如果你想加入牛奶，那就用加热到95℃或沸点的水，浸泡90秒~2分钟。如果你想加入红茶，那就把水温降低至80℃~85℃，然后冲泡45秒~1分钟。

如果你喜欢用柠檬配伯爵茶，那就拿一小片柠檬皮在杯子上方快速地挤压，让油脂喷到茶里。

真正的佛手柑油可溶于冷水，所以用真正的伯爵茶制成的冷泡冰茶味道非常棒。每升水中只需放入5克或6克茶叶。若茶中加了香料，口感就不太好了，因为香料是为了在沸水中释放而设计的。

我真的很喜欢在午后喝一杯伯爵茶，再吃一块酥饼，再来点儿黄油、糖、浓茶和柑橘类水果。下午茶本就应该如此。

第十四章

消遣：下午茶的故事

千百年来，人们一直喜欢喝下午茶。一天快结束的时候，不渴望喝上一杯，几乎是不人道的。但我们现在所认为的下午茶完全是英国人的发明，它形成于19世纪中期，当时的贵族想在下午来点儿刺激，并希望展示自己的财富和高雅的品位。

我对下午茶最早的记忆与高雅的品位无关，甚至也与茶无关。这没什么奇怪的。如果你看过关于下午茶的书或文章，你可能会认为餐桌上根本就没有茶的位置。那些书里很少写到茶，只是拐弯抹角地提及过，重点提到的是蛋糕、甜点、烤饼和三明治。在现代传统中，香槟已经成了更令人难忘的饮品，茶摆在那里是出于礼节的考虑。

对我来说，最初难忘的饮料是在我爷爷奶奶家喝的可乐。大多数星期天，我们全家会驱车北上，从破败的维多利亚时代的伦敦南部，一直开到圣约翰伍德更为优雅的乔治王时代风格的街道，来到一个破旧的黄色福特庄园。奶奶大部分时间都待在楼上的卧室里。我们叫她赖床奶奶。据我所知，她的身体没有任何问题，她只是更喜欢待在卧室里。这并不是说她懒散、邋遢。她的头发总是梳得整整齐齐的，卧室里的白床单就像楼下餐桌上准备喝茶时铺的桌布一样平整。

切掉面包皮的白面包三明治卷曲着放在餐桌上，松软蛋糕的颜色、黏度和你用来洗碗的东西差不多，上面覆盖着厚厚的粉色糖霜，这些糕点是从超市买来的。爷爷奶奶家的茶和我在苏格兰的戴安娜家喜欢喝的茶不一样。戴安娜家的是口感柔和的大吉岭茶，尝起来有种冒险的味道；而奶奶家的茶浓郁、苦涩，有点儿吓人。

我没必要喝茶，我可以喝可口可乐。那是我这一周最开心的时刻。我父亲在阿根廷长大，奶奶（那时候还不喜欢窝在床上）和爷爷马（他曾经是一名骑兵）在那里养牛。在炎热的南美洲，父子俩都爱上了喝这种又黑又甜的饮料。我爱那两个男人胜过其他任何人，我也想爱他们所爱的，但可乐咝咝冒泡，会害我打喷嚏。爷爷马会在床头放一大瓶可乐，让它变温、变淡，就像我喜欢的那样，然后将它倒进一个深绿色的杯子里，显得幽暗而神秘。

我五岁的时候，赖床奶奶因从楼梯上摔下来而去世了。我一直以为这就是她待在卧室不下楼的原因。几年后，爷爷马也去世了，我对可口可乐的爱也随之而去。我想念他，但并不怀念喝下午茶的时光。他总是在一本漫画书下面塞五十便士给我，而且总是乐呵呵的。但他出生在一个更僵化、刻板的世界，他总是穿着夹克，打着学院领带，佩戴着团扣。即使是和孙辈们一起喝茶，他也是一本正经的打扮。因为茶汤里的糖和咖啡因，我的两条腿总是不由自主地左右摇摆。不能下地去跑真是难受。但我害怕自己不得不听大人的话乖乖坐好，对着讨厌的桌布当众表态。我真希望自己不在场。这可不是什么好兆头啊。

讽刺的是，现在全球最好的酒店都向我咨询如何打造盛大、奢华的下午茶仪式。我得大老远地从圣约翰伍德赶去，但下午茶仪式本身就是如此，从一开始就如此。

人们常说，嫁给查理二世的布拉干萨的凯瑟琳是第一个让茶在英国流行起来的人。据记载，茶叶是她的嫁妆的一部分。但如果你仔细查看史料，你会发现史料里并没有提到茶壶，也没有提到茶杯或者任何种类的茶具。没有那些珍贵的茶具，是沏不好茶的。她有许多煮咖啡和喝巧克力饮料的用具，但没有沏茶的用具。至于她是否喝茶，或者说茶是否只是她嫁妆中的一笔宝贵资产，还有待商榷。可以肯定的是，茶叶是在17世纪进入英国的，而那些买得起茶叶的人都迷上了喝茶。

在那之前，英国人还有些困惑。他们喝当地酿造的啤酒和苹果酒，而那些有足够经济实力的人则喝进口的葡萄酒。牛奶是给孩子喝的。水则被认为是不能直接喝的。然后，情况突然发生了变化：人们发现兴奋不是通过使大脑麻木实现的，而是通过刺激它实现的。相反，酒是一种镇静剂、一种安眠药。在那之后，英国人开始第一次喝兴奋剂。茶、咖啡和热巧克力都是在英国还是共和国（1649—1660）时，在两位斯图亚特国王统治期间传入英国海岸的，那时人们喝啤酒喝得天昏地暗。也许是那些最初的兴奋剂推动了革命（就像它们后来在波士顿所做的那样）。

这些饮品在严格的等级制度中各自占有一席之地，就像人一样。放荡好色的人喝热巧克力；咖啡是用于进行交易和商业贸易的；茶是为有教养的人准备的。

热巧克力来自美洲的墨西哥，一个古老的文明，而当时的西方基督教认为墨西哥人是残暴的野蛮人。除此之外，它还是经由信奉天主教的西班牙传入英国的，而当时的英国新教正与西班牙交战。对女性而言，可可豆被认为是一种危险的兴奋剂，会使她们的思想转向感官放纵。喝了它，人会变得非常放纵，做出下流的行为。它多出现在妓院、赌场和夜总会，这些地方都是有钱人常去寻欢作乐的场所。众所周知，它会诱发歇斯底里。为了保证盛热巧克力的杯子能在人们颤抖的手中保持稳定，设计师设计了一种名为"颤抖器"的特殊茶托。

咖啡来自阿拉伯世界，一个以哲学和学问闻名的地区，一个拥有丰富文化的地方，尽管17世纪的英国人并不认为阿拉伯地区的文化超越了他们自己的文化。也许，在某些开明的圈子里，它受到赞赏，但它仍被认为是可怕的异域和异教徒来源地。咖啡既昂贵又奇特，用壶煮，用小杯子盛，但它并没有多么复杂。它是在咖啡馆里被发现的，那里是人们聚会、做生意的地方。曾经的封建农业经济正朝着对外贸易和工业化的新方向发展，人们需要一个聚会的场所来建立联系，进行交易，以打破僵化的阶级壁垒。咖啡馆是新的平等主义场所——前提是你是男性，并且有钱投资。在进行贸易和传播思想的地方，阶级和商业壁垒被打破。当然，女性被排除在外，除非做服务员。

茶的地位比同样烫嘴的饮品高，这与其传统和血统有很大关系。茶来自中国。如果说咖啡和热巧克力是不受欢迎的外来不良影响的先兆，那么茶则是令人向往的。当时的中国先进而复杂，其供应的丝绸和陶瓷远远优于英国国内的替代品。那是一个神秘而遥远的国度，以艺术、天文学和哲学而闻名。现在茶也来了。与茶一起来的是制作和供应茶的精美瓷器，以及优雅的准备仪式。拥有中国的茶、茶具和制作技术，是财富、文化和优雅的体现。

在最豪华的住宅和宫殿紧闭的大门后，贵族们尽情地享用着这三种饮品。茶、咖啡和热巧克力都是皇室家庭的必需品，贵族将自己凌驾于世俗社会的规则之上。妓女和公主各自以她们自己的方式，在她们自己的地盘，当着男人的面喝热巧克力。意志薄弱的普通女人则被认为不应该这样做。在家里，远离生意场的粗鄙，男男女女都喝咖啡。但是，茶在贵族中占据着特殊的地位。喝一杯茶不会引诱你堕落，也不会让你和肮脏的生意扯上关系，而会把你提升到高雅文化的

顶点。

在富人的家里，珍贵的茶叶需要精心储存，需要放在极其贵重的器皿里，仆人不能经手。女主人会把她的茶叶放在一个像珠宝盒一样上了锁的小盒子里，盒子通常内衬一层铅保护层。（从前，那些贵妇人的化妆品里含铅，住的房子的水管里含铅，喝的茶里也含铅。铅中毒的后果包括发疯。）在餐桌上，女主人最初用水壶烧水，后来则把精致的银制茶壶放在酒精灯上烧水。她用小瓷壶泡茶。如果你去伦敦的维多利亚和阿尔伯特博物馆，你会看到几个比现代茶杯大不了多少的精美茶壶藏品。那时的茶杯则更小，没有把手，被称为茶碗或茶碟。

茶则是少量冲泡，每次冲泡的茶只够盛满这些茶碟。茶叶被一遍又一遍地浸泡，直到每一种味道都被尝过，直到茶叶泡不出味道。能喝上由女主人亲手奉上的用珍藏的进口茶叶冲泡的美味茶饮，也算得上美事一桩。在英国历史皇家宫殿研究食品的历史学家马克·梅尔顿维尔认为，只有女王本人可以避开这方面的礼仪，将其交由宫女全权处理。

我在苏格兰布特岛的一份古老的家族档案中发现了一张卖货单，上面写的时间是1712年6月。它说明伯爵夫人，也就是我的曾曾曾曾曾曾祖母，也相当喜欢喝茶。仅三磅重的上好"波希亚"茶就花了她四百一十英镑，相当于今天的几千英镑。

这种珍贵的茶叶由东印度公司的大帆船从中国运至英

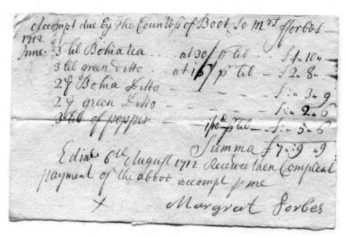

1712年6月的卖货单，来自斯图尔特山的布特档案馆
©斯图尔特山的布特档案馆

国——旅程相当危险。东印度公司虽然为商业贸易进行大宗采购，但最好的茶叶并不是通过官方渠道购买的。它装在珍贵的小包裹里，存放在船长室里，是船上官员免税津贴的一部分。玛格丽特·福布斯可能是某位船长的妻子。来自异国的茶叶没有算在大户人家厨房的庞大库存预算中，而由女主人私自掏腰包购买。茶叶是通过一条可靠的关系链运输的：从商人到船长，再到在客厅里等候的女主人；等女主人打开丝绸包裹验货后，再一手交钱一手交货。

东印度公司维持着茶叶的超高定价。他们完全垄断了茶叶贸易，除了那些小额的个人交易。他们还可以随心所欲

沏：茶 的 奇 遇

地收取佣金，赚取巨额利润。除此之外，政府还征收高达119%的茶叶税，据说是为了不让民众养成喝茶的习惯，以阻止贵金属从欧洲流向中国。另外，战争也需要资金，而茶叶是直接向富人征税的有效途径。

但高价只会助长珍贵茶叶走私，导致茶叶被污染。在夜幕的掩护下，在微弱的月光下，那些黑乎乎的帆船悄悄地驶入安静的海湾，船上不仅装有白兰地和朗姆酒，还有茶叶。当你想到康沃尔郡和苏格兰的渔民沿着寂静的河流走私货物，或者想到公海上的海盗时，知道他们关心的不是朗姆酒，而是几片干叶子，你会觉得很离奇。走私到英国的茶叶比收税员见过的还要多。有报道称，18世纪中叶，英国80%的茶叶都是通过非法渠道运送进来的。以今天的货币计算，总价值可达数十亿英镑。

标价出售的商品，不管是合法运输的还是走私的，都经常被夸大和污染。例如，羊粪被用来填充红茶，含剧毒的碳酸铜和铬酸铅被用来给陈年的绿茶染色。就像可卡因被切断后可以使其药效更强，或者像摇头丸被伪装成兴奋剂和镇静剂的混合物一样，茶叶也被滥用了。

1784年的《抵代税条例》规定，将茶叶税降低至12.5%。走私和危险的掺假现象就此消失。合法购买的茶叶变得更加实惠，那些手头有钱的人现在更喜欢分享茶叶，而且是公开分享。

公认的说法是，贝德福德公爵夫人在19世纪中叶普及了下午茶。她确实在信中提到了这个习惯，但这不太可能是她一个人的想法。对富人来说，下午1点吃午餐，8点吃晚餐。饿了也不能提前吃饭，所以两顿饭之间要隔很长的时间。上流家族就跟顶级军队似的，老琢磨忍耐力这种事。

提供茶和点心的时间，还有比下午更合适的吗？人们一到下午就会精神萎靡，一直到吃晚饭之前，时间特别难熬。下午茶不仅可以显示主人挑剔的口味和富足程度，也能体现其休闲生活的奢侈。那些贵族又饿又闲。能够慵懒地享受下午的时光是财富特权的象征，这本身就是值得庆祝的。（这与我们现在对不停忙碌赋予崇高地位的现象截然不同。）午饭过后，浪荡公子哥趴在沙发上喝着茶，纵情地闲聊。当然，还会聊些小道消息。没有了工作的干扰，在屋内屋外来来往往、去去回回，就像喝茶本身一样，是一种令人愉悦的消遣。在18世纪的伦敦，茶被称为"丑闻水"。

1757年，塞缪尔·约翰逊在《文学杂志》上的一篇文章中写道：

> ……茶不适合底层人民，因为喝茶无法积蓄体力，无法缓解疾病，只能品尝味道，不能滋补身体。它是一种没什么功效的奢侈品，那些很难从中获得自身所需的人，无法谨慎地使自己养成喝茶的习惯。茶的正确用途是让游手好闲的人可以借机娱乐消遣，让勤奋刻苦的人可以借机放松心情，让那些不能运动的人、不能节制的

人在饱餐之后更好消化。不可否认，时间都浪费在这种无聊的消遣上了；许多人在茶桌上把那些本可以更好利用的时光白白消磨掉了。

女主人这时已不愿意在客厅里为接踵而至的客人操劳。以前她每次只需泡一杯珍贵的茶，而现在她需要泡更多的茶。这样一来，在楼下沏茶的工序就不再适用了，而需要一种新的方法。

人们会在水壶里装满新鲜的水，放在火上烧开，确保水可以安全饮用，然后往在客厅用的茶壶里倒一点儿开水烫一烫茶壶，其余的开水用来泡茶。他们会用两个茶壶：一个小的厨房茶壶用来泡茶，一个大的客厅茶壶用来盛茶。第一次泡茶用的是厨房的茶壶，泡开后将茶倒入烫过的客厅茶壶。第二次浸泡时重复这个过程，如此循环往复。

然后，盛有茶汤的茶壶会被送往客厅，由女主人或管家根据需要的礼节来倒茶。在把茶汤倒入客厅茶壶之前，一定要把茶壶烫一下，以保持沏好的茶的温度。如果你把茶汤倒进冰凉的瓷器里，茶汤就会冷却，所以英国人就养成了烫热茶壶的习惯。我们都会记得要烫热茶壶，但并不总是记得为什么要这样做。

如果你直接把泡好的茶从泡茶的茶壶里倒进杯子里，真的没有必要先烫热茶壶，只需要冲洗一下，确保里面没有茶叶或积水即可。但必须用滚烫的水来泡茶，这种泡茶方法是近现代才出现的，只是为了能把现代工业袋泡茶泡出味道来。

到了19世纪，随着殖民地种植的廉价茶叶越来越普及，同样的泡茶方法很快在那里的普通家庭中流行开来。贵族们可以闲逛一个下午，但对于出门劳作的男人和女人来说，要等到傍晚吃饭时才有机会喝茶。那时一家人会围坐在餐桌旁喝一大壶茶，也许不如富人的下午茶好，当然也没有那么贵，但茶泡得很好，每一丝味道都被萃取了出来。他们不是把珍贵的茶叶直接放在茶壶里泡，而是像大户人家在厨房做的那样，先把茶叶放在一个小茶壶里浸泡，然后把泡好的茶倒入一个大茶壶里。茶叶浸泡了一次又一次，汁液混合了一次又一次。大一点儿的茶壶就放在餐桌中央，茶壶外包裹着保温罩。

直到第二次世界大战，情况才有所改变，不仅茶叶的供应发生了变化，制茶的方式也与以前不同了。政府配给的茶叶比较粗糙，缺乏通过仔细冲泡能微妙展现的细微差别。这种茶叶需要用高温的水长时间浸泡。在公共信息电影中，穿着实验室白大褂的男人用嘶哑的声音告诫喝茶的人，沏茶要用刚烧开的水，茶叶要长时间浸泡。1946年，在《标准晚报》上，乔治·奥威尔采取了更文艺的方式，写了一篇关于如何泡茶的优雅文章。他写的不是如何像战前的公爵夫人那样在她家客厅里制作优质的散装茶。他写的是如何泡配给茶，是给那些站在被炸毁的房屋废墟上的人们准备的，配给

沏：茶 的 奇 遇

茶只是临时凑合着喝的。

好喝的茶得益于较温和的水温。如果你真的喜欢喝滚烫的茶，我也确实有办法。你可以用85℃的水泡茶，以萃取最好的味道，然后用开水把杯子烫热，把泡好的茶过滤出来，倒进烫热的杯子里，这样并不会影响茶的味道。这样做可以提高茶的温度，保证茶到达你的嘴里时足够热。最好提前把杯子烫热，而不是预热你泡茶的茶壶。

让我们回到18世纪贵族客厅里那个慵懒的下午，准备些点心搭配上好的茶。下午茶不是丰盛的晚餐，重点是帮你撑到晚餐时间，而不是剥夺你的食欲。与茶一起上桌的第一道点心是白面包和黄油。白面粉的生产成本很高，而且被认为越精制越好。打发的奶油温和地平衡了单宁带给舌头的干燥感。黄油面包不仅不会盖过茶的味道，反而使之更显香浓，这就好比白色桌布之与布置华丽的餐桌，又如普通画框之与油画。

但是英国经常又阴冷又潮湿。想象一下，在中央供暖系统出现之前，待在既宽敞又透风的客厅是什么滋味。你需要吃些暖胃的点心，于是就有了茶松饼的故事。茶松饼现在被称为英式松饼，就是美国人早餐时间吃的那种搭配鸡蛋和荷兰酱的松饼。松饼最初是放在英式茶几上的圆顶银盘子里的。它有个特点，那就是必须当天做。当厨师不再每天下午做松饼时，它就失宠了。

当来自殖民地的红茶越来越受欢迎，就有了搭配不同点心的需求。红茶颜色更深，味道更浓，口感更涩，单宁在口感中占主导地位，因此就有了带浓缩奶油和果酱的司康饼。人们没有往茶里放牛奶和糖，而是用奶油味的甜食来搭配茶。

喝牛奶是在二战期间开始普及的。战争使人们的口味趋于均衡，每个人都喝同样的茶，不管是公爵夫人还是清洁工。往上好的中国茶里添加牛奶有失礼之嫌，而廉价的定量供应的茶需要牛奶来平衡苦味。牛奶非但没有盖过茶的味道，反而使茶的味道更浓了。就像给拳头套上拳击手套一样，只是减弱了拳头受到的冲击力，却不会减弱挥拳出击的力量。

对一些年长的英国人来说，渴望吃到美食、喝上好茶，似乎是一种背叛。似乎选择了更好的东西，他们就会变得高高在上，与主张人人平等的时代背道而驰。战争时期，社会各阶层并肩作战，领取同样的定量配给票证簿。英国人肩并肩高效地工作着，没有了楼上楼下的纷争。在和平时期，他们继续互相照顾，无论经济状况如何。英国国民医疗服务体系的建立是为了在有需要的时候为所有人提供免费的医疗服务，这是值得骄傲和坚持的事情。但我们不再定量配给了。我们又像过去那样买我们能买得起的最好的茶，这不是背叛。如果我们在全球范围内帮助需要帮助的兄弟姐妹，通过购买更好的茶叶支持茶农，就是在更加彻底地尊重这些传统。

在茶几上摆满丰盛甜点的想法，是战争年代的另一个产物。托尔金描述的霍比特人温暖的洞穴里的炉边美食和舒适享受，以及 A. A. 米尔恩（他写了《小熊维尼》，并将《柳林风声》改编为舞台剧）描述的类似画面，都来自参加过第一次世界大战的人们的想象。他们描绘了充满家居细节的吱嘎作响的茶几，这与战壕里的匮乏和混乱形成了鲜明的对比。闪电战时期，因为糖是定量配给的，孩子们被剥夺了吃糖果的权利，他们挤在避难所和地铁站里躲避如雨点般落在城镇里的炸弹，这样的故事让他们燃起了心中的梦想。

其实，下午茶是指一壶精心调制的茶，再配上一两盘美味的点心。即使在最豪华的酒店，下午茶也比我们现在想象的要简单。乔纳森·罗斯在1966年出版的《好茶指南：伦敦何处喝茶》一书中对克拉里奇酒店做了如下评论：

在主休息室的一个不起眼的角落里，有一个相当气派的男人在端茶递水，他的燕尾服上钉了许多颗金纽扣，别的地方还装饰着金色穗带。我去的时候还有8位顾客在，他们都是法国人。我们两人要了一盘三明治，一共有9个，大小均为2英寸①×1英寸，每一个三明治都用切片机切得薄薄的，重量只有北环路店卖的三明治的一半。选糕点的时候，我选了一块4英寸的泡芙，它看起来不怎

① 1英寸约为2.54厘米。——译者注

么样，但尝起来很美味。而且，为了让那个全身金光闪闪的男人大吃一惊，我要了一块松饼，结果得到了。茶本身还不错，我们两个人一共花了15英镑。

关于康诺特酒店，他这样评价道：

和这里的午餐或晚餐相比，（下午茶）实在令人失望。（下午茶）在一个小休息室里供应，里面的人看起来都像是美国黑帮。两人喝一壶茶要花7英镑。

这本书里没有任何地方提到已经成为标准的三阶段餐。三明治、烤饼、蛋糕和糕点的三阶段餐概念似乎是在20世纪70年代发展起来的。当然，这已成为现在的标准，但它是一种相对现代的发明，而不是一种神圣的传统。如果做得好，它就是那些战时作家设想的美味茶宴。但现在它变得越来越华丽，越来越追求花哨的蛋糕和气泡酒，对茶的关注却越来越少。香槟配甜食不太合适。如果你想喝一杯香槟，可以一开始就用咸味的三明治来搭配。等你吃烤饼的时候，正如你所想的那样，喝茶更合适。

"下午茶"的"下午"对应的时间有些离谱，为了完成游客预订的服务，其营业时间可能会从上午11点一直延续到晚上11点。创新往往集中体现在蛋糕的外观和形状上，糕点师傅们为了获得社交媒体的关注而不断超越自己，并没

沏：茶 的 奇 遇

有把心思放在配合茶汤改良蛋糕的口味上。茶呢？看到它被如此怠慢，被如此滥用，我真的很伤心。

喝下午茶一定要去精心调制茶的地方，那里有美味的蛋糕，味道和外观一样好，每道点心都精心制作，同时搭配精心准备的好茶。如果你花大价钱去消费，对于随意沏茶的做法千万不要容忍。如果我们能为了茶挺身而出，与心不在焉的自满做斗争，我们可能会为自己赢得更多的快乐。

有一天，我坐在希思罗机场的一家餐厅里一边喝着咖啡，一边等飞机。我旁边的女士点了英式早餐茶。她面前摆着一个大茶壶，里面挂着一个茶包。茶壶中的水量足够泡三四杯茶，可茶包只有一个。她的茶淡而无味。我看着她往杯子里倒牛奶，茶汤变成了灰色，看上去有点儿恶心。她喝的时候皱起了眉头。

我问她茶有没有看上去那么难喝。她说很难喝。

侍者过来找她结账时，问道："您还满意吗？"

"是的，谢谢你。"女士回答。

我向侍者提出茶的味道很淡，因为那么大一个茶壶里只放了一个茶包。

侍者看起来很吃惊："我从来没听顾客抱怨过茶不好喝。"

"从来没有？"

"从来没有！"

我转身问身旁的女士："你喜欢喝这个茶吗？"

"不喜欢，太难喝了。"

侍者对她皱起了眉头："您为什么没说呢，夫人？"

她尴尬地耸耸肩。等侍者走开后，她说："事情就是这样。我以为这里的茶会更好喝，但事实并非如此。"

20世纪70年代人们对下午茶的革新，与其说是把它当成提神饮料，不如说是把它改造成了一场盛宴。你不能指望从桌子旁站起来，然后想："好吧，我明白了。我恢复过来了，有精力对付晚上和晚餐了。"你更有可能呻吟着站起来，因为你摄入了一周所需的所有卡路里，需要像蛇一样躺下来消化。我不是说不要这么做，我根本不是这个意思。我喜欢偶尔放纵一下自己。我喜欢这种现代的午后宴会，就像我有时会喝醉一样，因为我知道如果喝酒和陪伴带来的即时快乐值得的话，宿醉是不可避免的。

比如和弗格斯·亨德森一起共进午餐。

几年前，我为弗格斯和他在伦敦的圣约翰餐厅定制了一种混合了乌龙茶的下午茶。他希望下午茶能与餐厅提供的三个小圆面包完美搭配。

那三个小圆面包的底部又软又圆，里面分别塞满了凤尾鱼黄油、西梅酱和黑巧克力软糖。要与单一的茶搭配确实不容易，但我想出了一种非常不错的混合茶，能完美地搭配每种味道。这是我最自豪的成就之一。我真不该告诉你这个秘诀是乌龙茶。混合是一项来之不易的技能，我得到了丰厚的回报，但我还是忍不住要炫耀一下。这是早期的一次胜利，我仍然为此感到自豪。我也不该这么说的，不应该自夸。友善的英国人习惯于在事情一团糟的时候说我们还不错，在事情非常好的时候说我们很好。

没过几个月，我们一起吃了顿午饭，那顿饭吃得既漫长又愉快，和弗格斯一起吃饭就会这样。吃过布丁后，我点了定制的混合茶，弗格斯点了一杯来自法国阿根地区的西梅水，叫作维耶西梅。当然，出于礼貌，我也点了一杯。弗格斯为了回敬我，也点了一杯茶。我把维耶西梅倒入了茶里，那味道就像热棕榈酒一样。我很确定这两种味道会很好地融合在一起，因为我为西梅干面包配制过那种茶。我想，弗格斯尝过之后就不会那么困惑了。但他表示，要调制出一种像样的饮品可能需要一些调整。

当我追问这个问题时，他的回答令人难以捉摸，没有提供任何明确的指示，只是一些可供参考的大致想法。弗格斯不像说教者，更像个诗人。我们安排了一个晚上，到时候弗格斯和他的妻子玛戈特（她也是一位受人尊敬的大厨）会来吃晚饭，我们三个将一起想出一种做西梅茶的食谱。

在我家的厨房里，为了搞研究、做实验，我们喝了几桶茶和维耶西梅。我想牛排里可能放了些酒，我有点儿晕晕的。玛戈特和弗格斯真是得力的合作伙伴。弗格斯很有耐心，和蔼可亲，非常善良。他受人爱戴是有原因的。而玛戈特无所畏惧，坚强、风趣，充满活力。

不要大惊小怪，他们已经改变了世界。20世纪90年代，在圣约翰餐厅，"从鼻子到尾巴"的烹饪理念又回到了英国烹饪界的前沿。该理念讲究的是利用动物的每一个部位，而不仅仅是哪个部位贵就割哪儿。使用简单、新鲜、当季的食材在当时是革命性的，多关注食材本身，而非炫耀厨艺的做法也是革命性的。他们倡导欢乐的待客之道，摒弃烦琐的礼节，彻底改变了烹饪界，以至这种做法现在看来很正常，而"新式烹饪"（讲求食物清淡，量少而精美）则完全被人遗忘了。

他们离开的时候，我衣衫完整地倒在了桌子底下。醒来后，我浑身僵硬，还觉得很冷，然后我想起了我们之前的快乐，想起我们调制出了人类已知的最好的混合茶，我喜不自胜。清醒后，我仍然感觉很好。

制作西梅茶

· 制作茶汤

将3克圣约翰早餐茶和1克铁观音或牛奶乌龙茶在100毫升的沸水中浸泡3分钟，制成100毫升茶（足够分成4份饮用）。由于圣约翰餐厅不再供应面包，我们也不再供应定制的下午茶，但我们会另外提供上好的下午茶。

每份西梅茶所需原料：

25毫升茶汤

25毫升维耶西梅

25毫升卡帕诺安提卡配方苦艾酒

过滤茶汤，将其倒入摇壶，然后将摇壶放入冰桶中静置5分钟，让茶汤冷却。

在摇壶中加入维耶西梅和苦艾酒，再加入一些冰块，用勺子慢慢搅拌，变冷后再次过滤。

切一小块软西梅干和一片细长的柠檬皮作为装饰，将其盘绕在一起，用鸡尾酒棒固定。

还有一种英式下午茶仪式，也就是高茶（high tea），我想解释一下。高茶和下午茶不是一回事，至少以前不是。这两个词现在已经可以换着用了，尤其是在英国以外的地方。我认为这可能与人们对"high"这个单词的误解有关。"high"在最初的语境中是"grand（高贵的）"的意思。

回到茶这个话题，"high"实际上与饮茶者臀部的高度有关，或者至少与他们坐的椅子有关。下午茶最初是在客厅里享用的，不是在餐厅。它不是一顿正式的晚餐，而是一种更轻松、更悠闲的消遣活动，人们通常舒舒服服地坐在沙发上享用。而"高茶"指的是坐在餐桌旁随茶吃的一顿简餐，比晚餐时间早一个小时。这顿饭是由环境因素决定的。如果因为赶火车或剧院演出而无法在合适的时间吃晚饭，一份午后快餐（威尔士菜等传统美食）就能让你撑过去。这时喝酒太早了点儿，所以人们选择用茶提神。

据我所知，"high"这个词早期指餐桌上的凸起位置，并不是指地位"高"，也没有"高级"的意思。我认为除了20世纪30年代黑白电影中的黑帮成员，没有人真正用过这个词。我确实听詹姆斯·卡格尼说过"她是个上流社会（high-class）的贵妇人"，但我不认为一个公爵夫人会用这种词，当然更不会用它来形容她吃的东西。

不管我们的屁股坐在什么位置，我们下午喝茶都是为了娱乐消遣，为了提神醒脑。我们可能不会坐下来吃一顿精心炮制的大餐，但下午4点钟有比享用伯爵茶和酥饼更糟糕的事情要处理，能喝杯美味的茶总归是好的。

第十五章

日本·东京

如果我被时差搞得力倦神疲，喝茶也救不了我，这是茶唯一不起作用的时候。飞机可以把你带到很远的地方，但也会不可避免地让你崩溃，去趟中国和日本常常搞得我"生不如死"。2015年，为了确保诺玛餐厅快闪店的茶汤完美无瑕，我千里迢迢赶往东京。尽管我给自己灌了很多茶，但还是差不多睡了一整天。

醒来后我把行李扔在酒店，把我在飞行途中一直在处理的文件发送出去，然后冒着严寒与一名日本设计师共进午餐。茶太好喝了，我把制作方法都记下来了。我们一开始用50℃的水慢慢地冲泡玉露茶。就这样喝了两杯长时间浸泡的茶汤后，我们又喝了一杯用70℃的水沏的玉露茶，这次的茶更烫，浸泡的时间更短。第四次冲泡玉露茶时，我们加入了新鲜的紫苏叶（紫苏叶是薄荷家族的成员，广泛用于日本料理中）。然后，我们就着酱油、少许味噌酱和鲱鱼刺身，喝下了已经泡不出味道的玉露茶。接下来是三款日本粗茶，粗茶是晚熟的日本绿茶。其中一款特别酸，但配上一块嫩牛肉后味道很不错。

喝茶期间，我们还品尝了几道小菜，一小口美食可以为茶增色不少。一道是鲭鱼，搭配焙茶（一种日本烤绿茶）；一道是香甜的麻薯蛋糕，搭配抹茶。抹茶经过精心搅拌后完美地呈现在我们眼前。给我们沏茶的女人站在柜台后面，穿着白大褂，上衣口袋里插着一堆圆珠笔。她没有穿和服，也就没有宽大袖口的干扰。她看起来更像是科学家，而不是艺伎——一位举止优雅、实力强劲的科学家，却有着艺伎内敛的风度。她用一个雕花的竹制长柄勺从一口小心翼翼地放在炉子上加热的铸铁锅里将水舀出来，然后把水从一个精致的容器倒入另一个容器来散热，每个动作都是那么准确、细致。茶叶装在闪闪发光的小罐子里。每个茶壶和杯子都是手工制作的，有细微的瑕疵。她庄重而有分寸地招待我们。我永远也做不到像她那样。我很喜欢看她沏茶的样子，与日本茶女郎相比，我显得粗野而笨拙。我沏茶的时候简直太活跃、太快乐了。

午饭后，我回到酒店冲了个澡，然后约见了乔·沃里克。他是我在伦敦的记者朋友，来这里报道诺玛餐厅。这家哥本哈根餐厅搬到东京一家酒店的临时场地已经有六周了。诺玛餐厅曾多次被评为世界上最好的餐厅，其快闪店的入驻让人们异常兴奋，有六万人想预订。

之后我们去找一家获得推荐的烤鸡肉串餐厅。我们有餐

厅的地址，但日本店铺根本没有门牌号码。太阳一落山，天气就冷得刺骨，我们的呼吸使冰冷的空气蒙上了雾气，霓虹灯变得模糊不清。我们花了很长时间才找到这个没有英文标志的地方。最后，我们在吧台坐了下来，品尝了几串烤制的鸡心、软骨、鸡皮和香菇，还尝了尝盛在漂亮的深紫色碗里的丝滑白豆腐，味道相当不错。尽管这家餐厅环境简陋，但我们还是点了上好的清酒，店家高兴地点了点头。

我们最后去了一家猫头鹰餐厅的酒吧，喝了上好的日本威士忌。我真的无法解释为什么会有日本威士忌，只能告诉你我们看到了威士忌的标志。女侍者穿着紧身T恤和超短裤。那时候，你可以在东京的任何酒吧里吸烟，但在街上你只能去指定的区域吸烟，而且不允许带着点燃的香烟走在路上。我想，吸根烟也挺好的。我有时候脑子抽风就会想抽一根，于是我问和我们一起围坐在吧台、正在默默吞云吐雾的男人们能不能给我一根烟。他们给了我好几包，还在烟盒盖子里写下了自己的电话号码。我是店里唯一的女性顾客。

凌晨3点，我回到了酒店，累得全身骨头几乎都断了。白天和夜晚的欢乐让我兴奋，疲惫让我浑身发抖。我躺在床上，感觉还无法冷静下来，我感觉自己好像穿透床垫坠入了黑暗中。我甚至还没来得及钻进被窝就昏睡了过去。早上9点听到闹钟响时，我从床上跳起来泡了壶茶。我冲了个澡，然后又泡了壶茶。我穿好衣服后喝了第三壶茶，我靠在枕头上品着煎茶，结果又睡过去了。

茶没能让我清醒过来。下午2点半，我听到了管家的敲门声，随后睁开了眼，发现空杯子还在我手里。我刚好来得及去诺玛餐厅参加下午3点的会议。

其他时间我没有机会走进厨房，和侍酒师一起把茶沏好。这就是我千里迢迢赶来的目的。餐厅的整个团队都在全力以赴地工作，其工作强度是我从未见过的（之后也从未见过）。他们所追求的完美需要全神贯注才能实现。周二下午的那一小段时间，是我在诺玛餐厅东京快闪店的高光时刻。这个团队离开了他们在哥本哈根的餐厅，来日本探索当地的食材，并在这个遥远的城市展示他们的手艺。这经过了一年多的试验和准备。我在2点55分走出电梯时，肾上腺素飙升。我跑得浑身发抖，喘不过气来。

开始沏茶后，我的脉搏就平稳了。我拿出温度计，我们开始有条不紊地测试和品尝。事实证明，我们需要将水温提高5℃。他们对水质有特殊要求，使用的水通常是为清酒保留的，它与娇嫩的茶叶产生了与预期不同的反应。他们供应的是一种来自月光茶场的手工揉捻的尼泊尔红茶，需要稍高的温度才能使其散发出巧克力味的前调。我们让茶叶多浸泡了三十秒。我知道这听起来很麻烦，但它产生了深远的影响（这关系到一场彻底的变革，这样的变革总会到来）。餐厅定制的手工茶壶没有上釉，内部多孔。我特制的花草茶中含有一种味道很浓的英国胡椒薄荷，茶壶里全是它的味道。为了不让尼泊尔红茶沾上这种味道，我们不得不把茶壶分开使用，留几个茶壶专门泡花草茶。

等最后一批客人吃完午饭离开后，我向团队成员简要介绍了茶的情况。在他们准备晚餐时，我为诺玛餐厅的主厨兼老板雷纳·雷哲毕沏了一壶茶，他还没有尝过这种茶。我非常高兴他能委托我来选这种茶，这种好茶在日本既让大家觉得新奇，味道又容易体会。

作为回报，他从通道拿吃的东西给我，就是那种把做好的菜从厨师手中传到服务员手中的通道。这条通道没有藏在厨房里，而是一个从厨房通向餐厅的柜台。晚餐服务期间，我发现自己站在餐厅里，就在厨房门口，被那个男人亲自投喂。美味佳肴（我得再写一本书描述）一道接一道地经过两个世界的交界处，不仅仅是丹麦和日本之间，还有炽热的厨房与凉爽的餐厅之间。雷纳和我一起站在餐厅一边，叫停上菜，监督他们展示的最后一个细节。我从未如此近距离地见过掌门人如此专注的神情，他站在乐池里，在乐手们中间感受乐器的振动。

第十六章

美国纽约州·塔里敦

大厨丹·巴伯第一次邀请我到他位于纽约北部的蓝山餐厅共进晚餐时，他开着拖拉机带我在餐厅所在的石仓农场兜了一圈，给我看了农场里的所有东西：猪、鹅、牛和羊，还有面积广阔的蔬菜和香草园。在他的鼓励下，我亲自去品尝、去采摘、去收割，去找当天晚上我想吃的东西。

这很奇怪，因为大厨通常都会给你看他喜欢的东西。

回到位于农场中央的餐厅后，我和员工们闲聊，告诉他们餐厅的茶叶来自哪里、如何制作，以及制作那些茶叶的茶农的故事。我们谈了可持续的种植技术和实际操作，以及它们对人类和环境的影响，当然还讨论了茶的味道。所有的厨房员工、前厅员工、服务员、侍酒师、勤杂工、厨房搬运工、预订部员工，每个人都来听我说话。我差不多一整天都待在那里。餐厅开始供应晚餐的时候，我已经认识了所有参与制作晚餐的人，从采摘食材到端盘上桌，其间所有的工作人员我都见过。

来到餐厅，我被领到一张供一人用餐的桌子前。我被放鸽子了，我本来还想着能和丹一起吃饭呢。他向我提出晚餐邀请时我并不知道他是想招待茶女郎，而不是陪茶女郎吃饭。我感到非常孤独。餐厅的布置是为了让客人与爱人叙旧的，温暖的烛光和满屋子的插花将花园带进了餐厅。我周围的餐桌旁渐渐坐满了微笑着庆祝生日或纪念日的一家人，以及亲密的情侣。每个人看起来都光彩照人、无比快乐。

然后，食物开始上桌，我新结识的朋友们都围在我身边：侍者、勤杂工和侍酒师一直在我的桌旁陪我。我享用了美味的食物。我吃到一半时，一位年轻的大厨从厨房走进餐厅，牵着我的手把我从桌子旁扶起，领着我走出餐厅，走进夜幕中。天气很冷，空中飘着小雨，那是一场横着飘的春雨，让我感到了阵阵寒意，我只穿了一件薄薄的连衣裙。我爬上了一辆拖拉机的后座，然后我们开着拖拉机走了，颠簸着越过土块，周围是黑绿色的夜幕和潮湿土壤的气味。我们在一块菜地前停了下来，拖拉机的灯光照亮了潮湿的菜叶。主厨指着一小块地，催我去拔菜。等我把蔬菜根部的泥巴抖掉后，我们回到了拖拉机上。他开车送我回餐厅，陪我走到餐桌旁，然后自己把湿漉漉的蔬菜带到了厨房。

回到温暖的餐厅后，寒冷的空气和意想不到的冒险让我充满活力，餐厅的友好气氛包围了我。几分钟后，我拔出来的蔬菜被端了上来，我甚至不记得那是什么，但我记得那味道就像开拖拉机一样美妙，令人兴奋。

这时我不再害怕一个人吃饭了，我很高兴地接受了来自西班牙圣塞巴斯蒂安附近的穆加里茨餐厅的邀请。他们想让我尝尝他们的试吃套餐，看看什么茶适合搭配什么菜。我很高兴有这样的机会，还没有同伴的干扰。

我不是厨师，我只是为了享受而吃，而不是为了分析或了解——至少在那天之前我是这样想的。当菜被端上来的时候，我试着在脑海里捧起每一杯我尝过的茶。有太多东西要吃，除了味道，我什么都不知道。餐厅不见了，周围的人也跟着消失了，只剩下我一个人，菜就在我面前，像是在与我激烈地对话。一共上了二十多道菜，一道比一道美味。有一次，有人递给我一个盒子，里面装着一把用糖做的叉子，很精致，我要用它吃一道装饰着花朵的淡鳗鱼慕斯。我把叉子塞进嘴里时糖掉了一点儿，它融化的时候我的嘴里更甜了。等我吃完这道菜，叉子的尖头几乎都融化了。四个小时后，我吃完了饭，很多想法也随之烟消云散。

当时在穆加里茨餐厅担任开发主管的是天才厨师奥斯瓦尔多·奥利瓦。他告诉我，在我去过之后，他们为费兰·阿德里亚提供了我推荐的茉莉银针茶搭配鳗鱼菜。费兰是传奇餐厅"斗牛犬"的前主厨，他称这道菜"棒极了"。不过，他也仅是说说而已。

直到我在蓝山餐厅待的另一个晚上，我才把试吃套餐和茶搭配起来。那次我去塔里敦只是为了和丹见个面。当时天色已晚，他劝我"留下来吃点儿东西"。那是一个繁忙的星期六晚上，餐厅里已经没有空位了。好在那时已入夏，夜间气温不低，也没有下雨，他们在一个旧木谷仓的屋檐下为我摆了一张桌子。院子里空荡荡的，只种着香草，燕子在香气四溢的花园里飞来飞去。招待我的不是在餐厅忙得不可开交的前台员工，而是厨师们。

我随身带着品茶工具包，就是我的黄色小手提箱。当时我正要做一个大手术，所以我没有喝酒。厨师们不断地送来热水，好让我泡茶。我一边吃一边自己设计搭配。每道菜我都试了很多种茶，直到找到合适的。这次给穆加里茨餐厅配茶不像上次在脑海中想象茶的味道那么复杂，但也很费力。选择的范围之广令人不解。我的小箱子里有各种味道的茶叶，比任何酒窖珍藏的葡萄酒种类都要多得多，哪怕酒窖再大都比不过。里面不仅有白茶，还有大量绿茶、乌龙茶、红茶、普洱茶，以及所有的花草茶。我还可以用这些不同种类的茶互相搭配，衍生出数不清的新茶。这次经历令人难忘，引人入胜，我真的很庆幸能独自前往。不过，我并非完全独自行动，我要和每一位做出下一道菜的厨师分享味道。我会吃一点儿食物，然后喝一口我挑选的茶，同时让他们尝尝我的搭配。

假设你是周六晚上在高压厨房里的厨师，厨房里闷热、刺眼、嘈杂、紧张，在短短的一分钟里，你被派去送餐，走进凉爽的黑夜，来到一张点着一盏提灯的桌子前。在跑回厨房继续疯狂的服务之前，有那么一会儿，你可以品尝到一些特别的东西。那天晚上，我交到了真正的朋友。

吃到大约一半的时候，开始淅淅沥沥地下起雨来，柔和而持久。我把桌子挪到屋檐下更靠里面的地方，燕子也跟了过来。屋檐刚好够宽，可以遮住桌子。我看着椅子旁边的砾石从没淋到雨时的白色变成了滑溜溜的黑色。食物的香味更明显了，厨师们在给我送餐的时候可以趁机凉快凉快。

吃饭的时候，我时不时地给厨房里的丹送去几杯茶。每当我发现什么好吃的东西，我都会和他分享。其间，他来问我其中一杯茶的事，看到我坐在雨中，他有点儿吓坏了。于是他邀请我进了厨房。

我躲在远离混乱但又可以看到厨师们的地方，顶着蒸腾的热气看他们工作。他们继续给我送来一道又一道菜。最后一道菜是丹灵光一现为我做的，盘子里只有一个孤零零的蘑菇。我告诉他们我吃得太饱了，根本吃不下甜点。试吃了那么多道菜，到了最后，甜点总是有点儿挑战性，我会抵挡不住诱惑吃太多。于是，丹拿了一个腌制好的香菇煎了一下，放在一个白色的盘子里递给我。

它本身的味道就异常可口，而与从马拉维的亚历山大那儿买来的普洱茶一起享用，就更令人惊叹了。

第十七章

美国加州·旧金山&索诺马县

我喝过的最好的普洱茶，不是在中国西南部的云南和亿万富翁收藏家一起喝的，尽管那肯定是最贵的，而是和几个身上沾满鼻涕和草莓汁的孩子一起坐在红杉林的泥巴地里喝的。

这不是我前往加利福尼亚去那里的餐厅公干时计划要做的事。理查德·哈特去旧金山机场接我时带了一个保温瓶，里面装着速饮早餐茶。"你就像个干瘪的老茶包，喝点儿吧，亲爱的。"他说。

我把保温瓶里的茶喝光了，然后在我们快速过桥时大口大口地吃着面包。理查德可能是世界上最好的面包师，他做的面包非常好吃，只要拿到手，你就不可能不把它塞入你的嘴巴。他现在在哥本哈根开了一家哈特面包店，但那时他还在加利福尼亚一个叫塔尔廷的面包店打工。

理查德说我太优雅了，不适合做他的朋友。他来自伦敦一个治安比较乱的地方，他觉得我们口音不同，所以应该是不同类型的人。不过，他让我撕掉了优雅的面具，因为他喜欢喝茶，也因为我说的脏话比他说的更难听。当我叫他"该死的笨蛋"时，他差点儿笑哭了。说这句话的时候，我很深情。其实说什么并不重要，重要的是你怎么说。我宁愿被人亲切地叫作"笨蛋"，也不愿有人鄙夷地朝我说出"白痴"两个字。

　　他告诉我不要把面包都吃了，因为我们要一起去朋友加布丽埃拉的餐厅看她。我忘记了疲劳，世界上没有多少人能比加布丽埃拉或理查德更让我开心。和他们中任何一个待在一起，就像去度假一样。他们会看到并激发出你身上的闪光点。他们的秘诀不是天真、幼稚，而是幽默和爱。他们都不需要禅宗僧人来告诉他们要享受生活。

　　加布丽埃拉·卡马拉在旧金山开的餐厅叫"Cala"。那地方环境优美，桌子中间摆着巨大的盆栽树。你会说它别致，而绝对不会觉得它古板又做作，它有餐厅主人那种平易近人的魅力。餐厅里的食物和加布丽埃拉一样可爱。餐厅里的许多前台和厨房工作人员都是刑满释放人员。加布丽埃拉欢迎他们加入她的餐厅大家庭，待他们如朋友，尊重他们，让他们的生活有了目标，还让他们有了一份急需的工作。她说，世间的一切总不会完美无缺，但她的成功证明她的努力是值得的。她给我端上一杯茶，不是因为墨西哥餐厅真的需要茶，而是因为她爱我。

我们到的时候，加布丽埃拉正在厨房。她让我们等一会儿，说她马上就会过来。一位身形高大、和蔼可亲的男士把我们领到一张桌子前，食物随即开始上桌。那个男人长相帅气，彬彬有礼，以前在圣昆廷州立监狱服过刑。随着几个小时过去，加布丽埃拉还是跟原来一样，从没有坐下来过。她像一只蜂鸟一样围着我们的桌子忙个不停，给我端来几杯茶，还有龙舌兰酒，等着我发号施令。

尽管旧金山存在种种问题，但那里的好人也像美食一样随处可见。旧金山最好的两家餐厅要数 State Bird 和 The Progress。两家餐厅并肩而立，由斯图尔特·布里奥扎和妮可·卡拉辛斯基这对夫妻搭档经营，两人都是主厨。我第一次去拜访他们，向他们的团队宣传喝茶的好处时，住在路边一家提供早餐的旅馆里。我告诉他们旅馆的早餐很难吃，他们便邀请我第二天一早去他们家吃饭。我那会儿才刚刚认识他们。他们整个晚上都在做饭，但还是很好心地为我准备了早餐。

离开 Cala 餐厅后，我和理查德驱车前往旧金山北部索诺马县的茶场，他就住在那里。我下车时，他的大儿子菩提给了我一罐野花。

他那四个年幼的儿子想看看我的黄色小箱子里装的是什么。他们知道我是茶女郎，他们想看我的茶叶，也想喝我沏的茶。我没有怠慢他们，我拿出盖碗，把他们当成厨师，仿佛我想在他们面前博得好感似的。我们围着他们家厨房的岛台站成一圈，那情形和我第二天在米其林三星餐厅Meadowood经历的一样。他们挤在我的茶壶周围，踮起脚尖，伸长脖子，想朝壶里看个究竟。我给他们泡了柔和的绿茶和丝滑的红茶，他们静静地啜饮着，一脸严肃，睁着圆溜溜的眼睛看着我。看来我得改进味道。于是，我又给他们沏了一壶来自马拉维的非常稀有的普洱茶，告诉他们茶的味道有点儿像森林。他们陷入了思考。

"你是怎么知道的？"

"我也不太清楚，我只是喝的时候想起了森林。"

"可是'想'不是味道呀。"

第二天在Meadowood餐厅，我沏了一壶同样的茶。厨师们笑得很开心，他们同意我的描述。但是，理查德的几个儿子不相信。他们真是难对付，他们想要证据。

普洱茶的特别之处在于它是发酵而成的。它的发酵不像生产啤酒或葡萄酒那样是一种湿发酵，而是一种缓慢的干发酵。在中国，最著名的普洱茶产地在云南。茶叶会被制成扁平的圆盘或饼状，在上面印上制造商的标记，然后用纸包裹起来，放在阴凉的环境中储存至成熟。

它的味道非常好。想象你正在雨中穿过一片森林，你可以闻到脚下湿漉漉的青草和松软的泥土散发的味道。你来到一片空地，那里有一间木瓦屋顶的小木屋，雨水从屋顶流进一个木桶里。你走到桶边，扫去雨水表面的几片落叶，双手捧着水喝起来。普洱茶尝起来就像那甘甜的雨水，带着潮湿草皮和树叶的味道。

并非所有的普洱茶都如此清淡，有些则像泥炭一样散发着泥土的芬芳。普洱茶的年份越久，收藏价值越高，味道也越香醇。这些有些年头的普洱茶可以追溯到新中国成立之前，由于它们的稀有性和历史渊源，它们可以像年份香槟一样卖出令人瞠目的价格。一瓶年份香槟可能价值连城，但一打开也许会令人失望。它有可能被软木塞堵住，也可能会变质。它的价值不是由里面的液体的质量决定的，而是由瓶子的年份决定的。普洱茶有时也是如此。一块包装完好、年代久远的普洱茶饼更常被交易或珍藏，而不是饮用。茶饼一旦破裂，就失去了价值。尽管好的普洱茶价格不菲，但浸泡后的茶汤也可能是最美味的。

如果你是第一次接触普洱茶，还是先来认识下所谓的"普洱熟茶"吧。"普洱熟茶"首先会进行"湿堆积"，经过四十五天的初始湿发酵，再开始干仓陈化。这能使其拥有更古老的、100%干仓陈化的"普洱生茶"的光滑和细腻。"普洱熟茶"的价格更实惠，常常被纯粹主义者瞧不起。

在厨房品完茶后，那个下午我和理查德一家人一起去了红杉林。我们带了一篮子非常成熟、非常甜的加州草莓。我们在巨大的古老红杉树下漫步，它们围成一圈，就像老朋友一样。我知道这话听起来很傻，但它们看上去和蔼可亲。我有一种感觉，总的来说，树木是高度敏感和聪明的，只是方式不同，所以我们无法完全理解。这些善良的老树让透过它们树冠的阳光变得柔和，洒下温暖、芬芳的空气。在一片空地上，我拿出了我的盖碗和顶针状的小杯子。理查德带着婴儿，还有一个大保温杯。我给大家泡了茶。

我们带着马拉维希尔高地的亚历山大提供的普洱茶来到了这里，普洱茶就像我描述的那样，尝起来有森林的味道。即使不完全是森林的味道，也能感觉出来一点儿。感觉不是味道，这我知道，但还是试试吧。那天，就连六个月大的婴儿也喝了一小口。那是我一生中最美好的喝茶时光之一。

冲泡普洱茶

我喜欢按 1：50 的茶水比例来冲泡普洱茶，即 3~4 克茶叶配约 150 毫升水。水需加热到 90℃ 或 95℃，茶叶浸泡 60~90 秒。

茶叶可以持续浸泡，直到茶汤有黑巧克力的味道，再泡下去茶叶就没味道了。

第十八章

印度·梅加拉亚邦

森林对茶叶而言很重要，它们保护土壤免受侵蚀，还能阻挡洪水的侵袭，并促进生物多样性，为动植物提供必要的栖息地。我最喜欢的一种茶产自印度东北部梅加拉亚邦的森林地区。梅加拉亚邦是梵语，意思是"云的住所"。我把这种茶叫作"云茶"。

这个地区相对来说不为人知，我不是通过勤奋的研究或艰苦的旅行才找到这里的。相反，是一对夫妇找到了我在伦敦的办公室。他们在梅加拉亚邦有一个叫"拉基尔修"的小茶场，他们带我去了那里。纳扬来自山顶小镇西隆，西隆是梅加拉亚邦的首府，位于大吉岭和阿萨姆邦之间。在我参观过的所有真正令人惊叹的茶场中，她的茶场是最美丽的。

与世界上大多数人不同，梅加拉亚邦的居民在历史上遵循母系制度。在那里血统和遗传是通过女性来追溯的，最小的女儿可以继承家里的所有财产，同时承担照顾父母的责任。纳扬继承了拉基尔修的土地，她和她的丈夫格特（曾经

是路透社记者的荷兰人）一起开创了一个高品质的茶场。有人推荐他们投资了某个品种的茶叶，但他们第一次种植的茶叶并没有他们想要的那种好味道，所以他们不得不重新种植，等了许多年茶树才成熟。除了经营茶场，他们还有一个使命：建立梅加拉亚邦茶叶的声誉，从而惠及更广泛的社区，使该地区成为世界上最大的产茶区之一。

我清楚地记得，有一年，我和拉基尔修的印度茶场经理鲍勃一起品茶，当他在铺着淡蓝色涡纹花纹布的小木桌上展示最新采摘的茶叶样品时，他是多么自豪。听到我对茶叶赞不绝口，他咧嘴笑了。这种长在高海拔地区的茶叶散发出浓郁的花香，精心制作以保持茶叶完整，使其保留了印度红茶中非常罕见的美味。这需要几十年令人难以置信的耐心，以及坚韧不拔、永不妥协的钢铁意志，但纳扬这个沉默寡言、性情温柔的女人种出了印度最精致的红茶。

　　我用这种云茶是因为它有焦糖味，就像焦糖蛋奶的奶脂的味道。我用它为一个被人称作吉姆·贝弗里奇博士的人调制了混合茶。他是尊尼获加威士忌名副其实的首席调酒师。这些年来，我逐渐认识到吉姆是一个聪明、有思想、有分寸的人。在我可能像个傻瓜一样犯错时，他却会退后一步认真思考。这教训本身就够大了。我和吉姆在我位于伦敦的品茶室度过了我制茶生涯中最美好的一天，我们一起研究如何将茶和威士忌的味道结合起来。位于基尔马诺克的尊尼获加家族是第一批将注意力转向混合威士忌的配茶师，这给这个故事带来了奇妙的圆满。我曾有机会与世界上一些伟大的厨师、调香师、酿酒师和鸡尾酒大师合作，但吉姆帮助我从另一个层面真正理解了风味。威士忌的味道远比茶的浓烈，但他能在酒精的轰鸣中呈现出微妙的味道。

　　我们面临的挑战是如何在一顿丰盛的晚餐后引入精心制作的混合茶。吉姆交给我的任务是把餐后的焦糖蛋奶换成威

士忌，让疲惫的味蕾品尝他调制的最奢侈的威士忌——尊尼获加蓝牌威士忌。我用红茶和威士忌调制了一种混合茶，作为盛宴结束时的热饮。在喝完所有不可避免的酒之后，喝下这杯热茶会给人完全别样的感觉。这有助于清洗味蕾，给它一点儿惊喜，让它准备好迎接新事物。我不能确切地告诉你混合茶里有什么，怕破坏我的努力，失去经济回报，但我可以告诉你，在吉姆的帮助下，我试着在茶里加入威士忌的每一个"音符"。我加入了完全相同的"音符"，运用了不同的"和声"，并用柔和、安静的声音去传递它们。它会温柔地牵起你的指尖，低低地行个屈膝礼，然后把你送进那个英俊的苏格兰男人强壮的怀抱。

如果没有这种混合茶，若要搭配一瓶上好的纯麦芽威士忌，我就会奉上一杯云茶。你需要那些带有甜味、麦芽味和淡淡苦味的浓郁花香来让威士忌真正歌唱。人们经常会用正山小种红茶来配威士忌。乍一看，它们似乎是快乐的伙伴，尤其是与艾雷岛威士忌油腻的烟熏泥煤味搭配时。但有时威士忌需要一种与其相反的东西来增强口感和超越预期，就像苏格兰高地和岛屿上光秃秃的山丘比之梅加拉亚邦郁郁葱葱的草木和紫色、灰色的石楠花。

在高高的山上，拉基尔修的茶田令人眩晕，踩上去很滑，穿过茶树的小径上长满了花花草草。我和采茶女工们一起穿过茶园，她们牵着我的手爬上陡峭的地方。她们穿着鲜艳的纱丽和人字拖轻松地走来走去，而我穿着长裤和步行靴却跌跌撞撞的。我背着相机，她们背着沉重的竹篓，前额上横着一条宽宽的带子分担竹篓的重量。我把裤腿塞进了靴子里，以免被水蛭和蛇咬到，靴子是用坚硬的材料做成的。

在下午安静的采茶过程中，一个女人突然大叫了一声，大家瞬间停止了聊天。她一动不动地站着，伸出一只胳膊指了指某处，直到她确定其他采茶工都注意到了那里。我问那是什么。原来是一个马蜂窝。

在大树的掩映下，茶树丛在午后的阳光下闪着斑驳的绿色。这里唯一的声音是鸟儿的叫声，除了采茶工人的稳定前进，唯一的动静是光线的变化。当你穿过茶园时，你很容易想象到自己进入了一片神奇的土地。但采茶是个艰苦的体力

沏：茶 的 奇 遇

活儿，华丽的外表下隐藏着危险，那些妇女——应该说是所有种植和采摘茶叶的男男女女——的技能、劳动和力量都值得我们尊敬。

冲泡云茶

将水加热到85℃左右，在150毫升水中加入2.5克茶叶，然后让茶叶短暂地浸泡90秒。如果你想泡出焦糖和苦巧克力的味道，可以把水温提高到90℃。如果你想要最甜的焦糖味和柔软的麦芽味，请把水温降到80℃。

第十九章

中国·武夷山

　　瘦长的树枝向四面八方伸展开来，树叶像冬青树一样呈墨绿色。杂草长得很高，与无人照管的茶树交织在一起，茶树零星地散布在山丘上。这里没有修剪整齐的茶树丛，只有零星分布的半野生茶树。这不是我所期待的。我等了十多年才找到来这些茶园的路，它们深藏在武夷山一个人迹罕至的自然保护区里。现在我终于到了这里，却根本不知道我看到的是什么。

　　我来这里是为了寻找世界上最珍贵的红茶，一种给我在布特岛的祖先留下深刻印象的武夷茶，但这看起来并不像是什么值得大书特书的东西。

　　武夷茶的意思是"武夷山的茶"。我以前来过武夷山很多次，它在福建北部，位于中国东南部，靠近江西省。武夷山已被联合国教科文组织列入世界文化与自然遗产名录，中国一些最负盛名的茶叶都生长在这里，大部分茶叶生长在整齐的原始茶树丛中。大红袍乌龙茶就是在这里制作的。在火

山岩上富含矿物质的土壤的滋养下，茶树长出了味道非凡的叶子。比起它来自安溪的姐妹铁观音，大红袍氧化的时间更长，颜色更深。它有饼干和坚果的味道，当它在你的舌头上平滑地滚动时还会产生水果和巧克力的味道。

最好的大红袍就像人们所期望的那样高贵，能卖到很高的价钱。早些时候，我去拜访了一位制茶大师（就在受保护

沏：茶的奇遇

的缓冲区外）。我们坐在一张锃亮的大木桌前，这张木桌是从一棵大树的树干上砍下来的，还带着树皮。他坐的木椅大得像个宝座，放在桌子的一边，我坐的矮凳子则放在另一边。我们一起品茶时，一旁赤裸上身的男人们在冒着酷暑劳作。他们把用亚麻布包裹的茶叶装入编织紧密的烘笼里，然后将那些烘笼埋在炭火上方的灰色水泥坑里。茶在柔软的烟灰床上慢慢烘烤时，他们一边打牌，一边没完没了地抽着烟。制茶大师解释说，他制作的大部分茶叶都无法从陆路运出去，所以工人们不得不把茶叶装进竹篓里，背着它们走几千米的路。

在茶园的下面，九曲河蜿蜒着穿过陡峭的峡谷，游客们喜欢那里漂流。导游用长篙撑着竹筏，游客们戴着宽檐帽、手套和围巾，保护皮肤免受蓝绿色河水反射的强烈阳光的伤害。沿着河漂流，穿过高耸的石柱，就像乘坐黄色出租车穿过曼哈顿市中心一样，只不过这里要宁静得多。在这条古老的水道上，看到女船夫手上戴着亮粉色的洗碗手套，你会感觉很奇怪。中国游客穿的 T 恤上印着错误的英文单词。其中，"I'm Not Perfoct"是我的最爱。

在我到访的那些年里，大多数官员经常光顾的平淡无奇的国有酒店已经让位给迎合中国蓬勃发展的旅游业的度假村。新兴的中产阶级渴望看到自己的国家也能像自己去过的西方国家一样，如雨后春笋般涌现购物中心和用大理石、黄金建成的拉斯维加斯风格的宫殿般的酒店。但是，这个地区几乎没有被践踏的危险。在武夷山风景区划定的旅游区域和周围的原始茶园之外，还有一个五百六十五平方千米的自然保护区，人们几乎无法进入。

世界上现存最大的充满潮湿气息的亚热带森林就在那里，被山脉保护在一个自冰河时代以来就存在的独特生态系统中。森林里，针叶林、阔叶树、竹子，应有尽有，还有四百多种鸟类在那里安家。那是一个拥有丰富生物多样性的地区，那里的大部分地区都未曾被西方国家开发过。军方控制着其入口，要去那里参观并不是一件容易的事。

我当时在保护区边缘的缓冲区，那里的人类活动非常有限。一些小村庄仍然保留着，古老的家族世世代代都在种茶和制茶。要通过检查站，你必须得到其中一个家庭的邀请才行。我的资历已经相当成熟，这些年来我交了许多很好的朋友。终于，2017年，在他们的帮助下，我得到了参观那里的机会。我们沿着一条蜿蜒的河流开了好几个小时的车，穿过茂密的森林蜿蜒前行，越走越深，最后来到了一个坐落在古老茶园中的小村庄。

我震惊地发现，这些茶园离原始森林是如此之近。但这一切开始有了意义。在这里，采茶工人不得进入森林，也不能种植新的茶树。只有极少数家庭被允许从事茶叶生产，以尊重古老的传统，并制作一些世界上最珍贵的茶叶。

最好的正山小种是在这里用松木熏制的武夷茶制成的。这是在密林深处精心制作的茶，能产生最空灵的味道。它不像威士忌那样有股浓烈的烟味。多想想云顶18年①，而不是拉弗格②。茶叶本身是完整的，而不是破碎的，温和的加工为其带来了微妙的甜味和最深刻的美味。当蜂蜜色的茶汤在你的舌头上滚动时，你会品尝到各种味道，烟味只是其中之一。

烟熏过程是在一个两层的古老木房子里进行的，因为年代久远，再加上被烟熏了几个世纪，木房子已变得黑乎乎的。环绕一楼的是宽阔、阴凉的走廊，上面整齐地堆放着剥去树皮的金黄色木材。许多树脂油随着树皮一起被带走了，这使得茶叶的气味更加微妙。并不是所有的木材都能用，只有受保护的森林里那些允许砍伐的珍贵松树可以用来熏制茶叶。它们会散发出独特的气味。木材在较低的楼层燃烧，而制作红茶的茶叶则摆放在构成上层的框架上。

为了制作所谓的正山小种红茶，树皮被保留了下来，以获得更浓的树脂味道。这种茶需要熏制更长时间，以增加其分量。这种正山小种在国外比在中国国内更受欢迎。西方人已经习惯在红茶中加入更浓郁的味道，而加入牛奶则需要更浓郁的味道。制作正山小种红茶使用的是更破碎的茶叶，而不是最好的手工制作的茶叶。这并不是说它不好喝，但它肯

---

① 指酒龄为18年的云顶（Springbank）美酒。它来自苏格兰的云顶酒厂，那是历史最悠久的家族威士忌酿造厂，于1828年建成。——译者注
② 指拉弗格（Laphroaig）威士忌。拉弗格蒸馏厂创建于1815年，其酿造的单一麦芽威士忌以超重泥煤风味著称，许多泥煤爱好者都是它的忠实拥趸。——译者注

定更有冲击力，就好比你心爱的表弟会在婚礼上没事找碴儿一样。

用不同的木材熏制会产生不同的味道。如果正山小种闻起来有教堂熏香的味道，那通常表明它使用了一系列不同的木材熏制。一些现代的近似的制茶方法则使用油和香料。武夷松木和武夷茶一样稀有。

村子里，一位驼背的老妇人正坐在自家门口的凳子上整

沏：茶的奇遇

理托盘上的小嫩芽。年老的采茶大师温先生轻声地和她说了会儿话，然后高兴地朝我点了点头。我与温先生一家共进午餐时，我们先吃了十几道菜，然后吃了热气腾腾的米饭。饭后，我们回到老妇人身边，拿走了她整理好的茶叶。温先生的儿子在他家门外大街上的木制支架上支了一个大大的竹编簸箕，然后轻轻地将茶叶倒入竹编簸箕里。温先生开始轻轻地按摩那些小小的绿色嫩芽，他正在我面前制作一种世界上最珍贵、最稀有的红茶，一种完全由细小的春芽制成的红茶。

那些嫩芽不比我的小指指甲长多少，既不像用来制作"白毫银针茶"的茶叶那么大，也不像它们那么丰满。制作一千克的成品茶叶，他需要一万多个嫩芽。自然保护区里的小茶园每年最多只能产出几千克这种珍贵的茶叶。能揉捻这种等级茶叶的大师只有三位，温先生便是其中之一。这种茶叶就是金骏眉。茶叶经过精心烧制后变成了金色，它的名字翻译过来就是"美丽的金色眉毛"。

在他展示了自己的揉茶手艺后，我们去了趟他家。他家的房子比其他的房子更现代，也更豪华，反映了他的地位。他沏了茶，我从未喝过比这更深沉、更浓郁、更迷人的红茶。它富含冬天储存的天然糖，有春芽的甜味，也有麦芽糖的深度，还带有微妙的单宁以及猕猴桃和酸浆的酸味。焦糖味隐藏在明亮的香味后面，这是一种隐藏在优雅外表下的强烈个性，一层又一层的味道通过多次浸泡显现出来。

在那之后，我们喝了正山小种红茶，每一口都一样美味，还相当便宜。我用手提箱带回家的金骏眉花了我好几千英镑。我非常幸运能有机会买下它。

调制金骏眉和正山小种红茶

这两种茶温先生都是用95℃的水快速冲泡的。他将3克金骏眉放入盛了60毫升水的盖碗中，浸泡了大约10秒钟。我们泡了十次，也喝了十次，第三次到第七次浸泡的茶汤是最美味的。

　　至于正山小种红茶，如果你想加入牛奶，可以用开水冲泡，并长时间浸泡。但我喜欢不加牛奶的，所以我会用2.5克茶叶兑150毫升水，水加热到85℃，浸泡约60秒。

第二十章

法国·巴黎

说起奢侈的食物，我很荣幸地吃过很多鱼子酱。在巴黎，当我第一次向一屋子著名的法国大厨展示茶和鱼子酱的搭配时，我彻底把他们搞迷糊了。

我在伦敦多切斯特酒店庆祝艾伦·杜卡斯同名餐厅十周年的活动上遇到了"鱼子酱男"大卫。当时美食界的名流会聚一堂，我作为茶叶供应商，非常感激受到邀请，紧张地狂饮着香槟。人群像椋鸟一样穿过房间，拥向供应食物的各个地方。牡蛎在那边，鱼子酱在这边。我尝了一点儿珍贵的鸡蛋，那上面点缀着试吃菜单上偶尔出现的美味菜肴，我从来没有机会品尝它本身的美味。鸡蛋被小心翼翼地从巨大的罐子里舀出来，放在小片扇贝上。喝了香槟后，我鼓起勇气，问是否可以尝一小勺鱼子酱。

我和大卫聊起了他在巴黎的鱼子酱店Kaviari，还聊起了稀有茶叶公司。作为一个致力于可持续农业的人，我一边咽下一大勺鱼子酱，一边告诉他我很担心鱼子酱的未来。大卫

沏：茶 的 奇 遇

回答说，野生鲟鱼确实已经所剩无几，而且禁止捕捞。但他又解释说，鲟鱼现在多是人工养殖的，最好的鱼子酱是在环境最接近鲟鱼自然栖息地的地区生产的。鲟鱼被杀了，就像我们吃的所有鱼一样，但我们吃的那些鱼是整条鱼，而不仅仅是鱼卵。

我告诉他我做过一些给牡蛎和海胆配茶的工作。尝了鱼子酱后，我觉得鱼子酱与茶的搭配可以做得更好，并答应第二天早上在他回法国之前展示给他看。我不得不半醉半醒地走回办公室，小心地称了些冷的茶汤，准备连夜浸泡。

第二天一早他就来了，没带鱼子酱，我的早餐幻想破灭了。但他喜欢我连夜泡的茶，并邀请我去巴黎尝试搭配。几个星期后，我带着装满茶叶的黄色小箱子来到了巴黎。我们坐在一大盘冰前面，手边有十罐开了口的罐头，里面分别装着来自世界五个地方的五种不同的鲟鱼鱼卵，每种罐头各两罐，一罐鱼卵的成熟时间长，另一罐鱼卵的成熟时间短。味道的变化真是太奇妙了，不仅是品种之间的差异，还取决于鱼卵在盐中成熟的时间长短。我开始了深入研究。

大量的鱼子酱被舀到我的手背上，我把它们吸进了嘴里。从冰块上取下的鱼卵接触我的皮肤后温度稍稍提升，味道也变浓了。罐头一旦打开，就必须吃完。不过，这也不是什么难事。我根本停不下来，手背上的鱼子酱被我舔得一点儿不剩，我嘴巴里都是咸咸的味道。我一直在尝试不同的茶。最丝滑的口感和最柔和的甜味突出了鱼卵咸咸的味道，茶的美味和良好的礼仪烘托了鱼子酱，而不是打压了鱼子酱。在鲟鱼的鱼子酱中我能嗅到秋叶和潮湿森林的味道，再配上温热的云南普洱茶，真是快乐似神仙。我们给西伯利亚贝瑞鲟鱼的鱼子酱搭配了来自印度喜马拉雅山高地第二次冲泡的锡金茶，成熟期短的鱼卵需冰镇后食用，成熟期长的则直接食用。

我可以不停地研究下去。我们也确实这样做了，并且成功了。

第二次去巴黎时，我打算把我们选定的搭配展示给大卫那些最好的客户。这些厨师已经喜欢上了他的鱼子酱，但除了香槟或伏特加，他们从未尝试过用其他饮品搭配鱼子酱。在俄罗斯，按传统习惯，鱼子酱是和冰镇伏特加一起食用的，但伏特加冰冷的灼烧感会蒙蔽味蕾（未经冷藏的更不可避免）。当然，搭配香槟味道不错，但总有股酸味，总是含酒精，总是起泡。如果你想要一些丝滑的、有无限口味的、不含酒精的东西，该怎么办呢？

厨师们围坐在一张长桌旁，用怀疑的眼神看着我。一个男人坐在椅子上往后仰，双臂交叉着放在胸前，拒绝喝我准备的第一杯茶。那是我准备的开胃茶。他来看我给鱼子酱搭配茶，却拒绝喝我配的茶。我用英语解释了我们正在做的事情背后的想法，他摇了摇头。

"不。"

大卫得把我说的话翻译成法语，这大大削弱了我的热情。我别无选择，只能吃起了鱼子酱，让茶替我说话。凯西是和我一起来的，她是我们伦敦团队的成员。她熟练地泡茶，我除了微笑和点头，没什么事可做。大卫很支持我，他对茶的赞美远比我能做的更有说服力，当然他是用法语说的，而且话从他嘴里说出来要谦虚得多。我们端上普洱茶时，他们开始变得热情起来。当我们端上冷泡的白毫银针茶时，我听到那个抱着胳膊的家伙倒吸了一口冷气。他绝对说了一句"天哪，太不可思议了"，也可能说了两遍。最后，我们得到了"超级酷"的评价。

嗯，"超级酷"，那当然了。厨师们不会夸大其词。他们不再质疑，茶让他们得到了快乐。快乐是每个人的感受，他们虽然喜欢不同的搭配，但好就是好，我们不需要争论，也不需要会说相同的语言，我们只需要品尝。

第二十一章

印度·锡金

有时我们会被我们所习惯的事情干扰，我们会紧紧地抓住熟悉的东西不松手。我们会感情用事，也许吧，但这也是经历。

我知道我喜欢香槟配鱼子酱，但这并不意味着茶配鱼子酱就不好。我知道我喜欢大吉岭茶，但2017年的一场大罢工使大吉岭陷入停滞状态，没人采摘茶叶，也没人加工茶叶。没有茶叶可以沿着喜马拉雅山脉蜿蜒陡峭的山路被运出去，绕过被飘扬的浅色经幡保护的令人望而生畏的峭壁。山里的廓尔喀人希望脱离印度西孟加拉邦政府而独立。现在他们也是这么想的。薪资少得可怜，就业机会太少，以及基础设施长期缺乏投资，催生了人们对改革的迫切渴望。

第一批采摘的茶叶被困在山里，无法运走，然后是第二批，根本动弹不了。

我给拉贾打了电话："我们该怎么办？"他说："运到锡金吧。"

拉贾是印度最著名的有机茶农斯瓦拉吉·库马尔·班纳吉的昵称。他的家族在大吉岭的马卡巴力庄园开办了第一家茶厂。20世纪80年代，他放弃牛津大学的法学学位，决定将庄园变成有机茶园。这是印度第一个有机茶园。人们都以为他疯了。现在还有许多人把他当疯子，但也有许多人追随他的脚步，有了无所畏惧的干劲和冲劲。我可不是随便说说的。拉贾已经七十多岁了，但仍有着十几岁的孩子才有的拼劲。

2018年春天，在我生日的前一天，我从伦敦起飞（途经迪拜和德里）前往印度西孟加拉邦。我在巴格多格拉机场下了飞机，在那里见到了我的朋友——特立独行、无所不能的拉贾。他开车带我穿过喜马拉雅山区炎热又混乱的小镇，一路向上，进入锡金。这是印度东北部一个偏远的邦，与西孟加拉邦、中国的西藏地区和不丹、尼泊尔接壤。

一年前，一场大火烧毁了拉贾在大吉岭的家，一同烧毁的还有几代人的记忆。他将马卡巴力庄园的一部分卖给了一家大型茶叶集团，希望该集团未来对这里进行投资。但他对他们的短视态度越来越感到沮丧，他们似乎更关心快速赢利，而不是为土地和社区建设一个可持续的未来。火灾发生后，他再也没了牵挂，于是他离开了，把剩余的股份留给了社区。

拉贾是一位虔诚的印度教徒，但他真正的信仰是有机农业。他不需要走太远就能找到新的礼拜场所。在他的鼓励下，邻近的锡金邦宣布成为100%实施有机农业政策的州

（邦）。还有谁能更好地帮助他们生产出一种上好的茶叶，足以与西孟加拉邦的邻居们生产的茶叶相媲美呢？只有大吉岭地区的八十六个茶场生产的茶才可以用"大吉岭茶"的名头，这就好比只有在香槟生产的葡萄酒才能叫"香槟"。但在锡金的特米庄园，我相信拉贾的步子迈得更大，在制茶方面比大吉岭更胜一筹。我敢肯定，这与人有关。不仅仅是拉贾，还有雷布查人，他们是最善良、最热心、最热情的茶园员工，这是我第二天晚上才发现的。

我们到那儿的时候，天色已晚，我们被领进了茶厂，穿过一间间萎凋室。在深槽中，在细网床上，热风在下面轻轻循环，白天采摘的绿色茶叶躺在那里——它们自然地卷曲着，变得更加柔韧，便于揉捻，并蒸发一些水分。茶叶闻起来香味扑鼻。如果真的有天堂，闻起来却不像茶叶萎凋室的味道，那就太可惜了。楼上有几间简朴的房间和一间厨房，有个名字听起来像彩虹的男人为我们做了一顿简单但美味的晚餐。拉贾打开了我带给他的那瓶威士忌，我抿了一小口，很快就昏昏沉沉地睡了过去。

我在拉贾的喊声中醒来，他催促我到阳台上去。那是凌晨5点，我用羊毛披肩把自己裹起来，打开了门。我脑袋里一片混沌，想不起自己身在何处。在晨曦中，世界第三高峰干城章嘉峰出现在地平线上。这种情况极其罕见，因为这座高峰在很远的地方，只有在天气非常好的情况下才能看到她。拉贾喜欢有点儿深奥的神秘主义，并告诉我干城章嘉峰

是五件暗藏的宝物的守护者，总有一天她会把这些宝物拿出来拯救人类。她在地平线上盘旋，万里无云的天空中尽是令人眩目的白色山峰和蓝色阴影。拉贾说，这是喜马拉雅山送来的生日礼物。

天还没亮，我们有时间坐下来喝喝茶，凝望这座高峰。茶叶是前一天采摘的，尝起来就像粉红色的杜鹃花一样令人惊艳。茶园在我们脚下延伸，沿着山坡向下涌向绿色梯田，梯田上耸立着高大的玉兰树。

我一整天都在茶园里漫步，熟悉这片土地和这里的茶叶，品尝新茶，呼吸清新的空气，惊叹于野花的美。我漫步走过五颜六色的梯田间的村庄。房子用盆花装饰，兰花和杜鹃花映衬着漆成蓝色、粉色和黄色的木墙。我从门前走过时，鸡呀、山羊呀，还有刚出生的鸡崽和羊羔，全都盯着我看。遇到带着新鲜茶叶归来的采茶工人，我们会微笑着互相鞠躬，手心合十，手指朝上，与心脏齐高，口称"你好"。

他们当中会说英语的人会停下来问我在做什么，还会聊起美好的春天。当我提到那天是我的生日时，他们紧紧地握着我的双手，表达美好的祝愿。

那天晚上，拉贾设法弄来了一个蛋糕，上面写着"亨丽埃塔的喜马拉雅大买卖"。作为茶园骨干的制茶工人们聚在一起喝着起泡酒，外面雨下得很大，一种悲伤的情绪在人群中蔓延。我问他们怎么了。他们只是悲伤地摇摇头，静静地啜饮着甜酒。大家情绪低落，我想喝杯威士忌，希望能加入他们。

突然，一个叫莫尼的男人闯了进来，说："没事了，雨已经停了，我们必须去，跳舞的姑娘们都准备好了。"我觉得这肯定是在开玩笑，于是就跟着他们上了一辆吉普车。我们驶入浓密的黑暗中，进入茶园深处。车前灯只能穿透几英尺厚的天鹅绒般的黑暗。前方出现一丝亮光，那是茶园梯田里一小块空地上燃起的篝火，有四五个人正围着篝火暖手。

我们下了车，蜷缩在篝火旁。夜晚很凉爽，但还不至于凉到连篝火也不管用的程度。和新老朋友一起，在这片新的茶田里围坐在篝火旁，这样的时光是多么美好啊。我们的脸在火光中闪着红光。越来越多的人来到我们中间。先是一位母亲带着两个孩子来了，两个孩子躲在母亲的裙子后面。接着来了一群年轻女孩和一位老人。人越来越多，最后来了六十多人。有些面孔很熟悉，是我在茶园里散步时碰到过的老熟人。我们互相点头示意，打招呼。

跳舞的姑娘们才十二岁上下，穿着传统服装。有些人

穿着白色的衣服，打扮成男孩的样子，鼻子底下和下巴上都有烟灰。其他人则穿着鲜艳的红色衣服，戴着亮闪闪的项链，头发用丝带编成辫子。玛尼用吉普车自带的录音机播放着音乐，她们又跳又笑，每个人都在鼓掌，并逐渐加入跳舞的行列。

又来了一批跳舞的小姑娘，她们都穿上了最体面的衣服。人们愈发卖力地鼓掌，看着她们在红色的火光中舞蹈。小米啤酒被装在一个竹制的杯子里，在人群中传了一圈。这种啤酒是将小米发酵成糊状，然后将沸水浇在上面制成的，用金属吸管饮用。在传递的过程中，杯子一次又一次地被装满，它就像南美人装马黛茶的葫芦一样。孩子们最不怕和我说话，他们还会告诉我他们的梦想。一个小女孩说，她想当宇航员。我想起了我在马拉维的塞坦瓦问过的那些小女孩，她们不知道宇航员是什么。

篝火渐渐熄灭，大家齐声唱起了生日歌。每个人，甚至包括最年幼的孩子，都过来与我握手，祝我幸福。我从来没有碰到过陌生人如此热情的善意。当拉贾开车载我离开时，每个人都笑着朝我挥手。我无法形容那天晚上我有多开心。我此刻一边写，一边想起那个夜晚，我的脸热得发烫，我能感觉到那个飘荡着茶香的凉爽之夜大家给予我的温暖。

第二十二章

挪威北极地区·诺德斯科特

一个了不起的疯子带我去见另一个疯子。我在丹麦的国际厨师研讨会MAD（丹麦语，意为"食物"）上遇到了渔夫罗迪·斯隆。我们当时坐在一个巨大的红白条纹马戏团帐篷里，经过反复排练、得到广泛认可的演讲者在给我们做讲座，然后这个邋里邋遢的苏格兰人走上了舞台。他把带有咸味的冰块递给我们，并让我们把冰块放在嘴边，能放多久就放多久。然后，他告诉了我们他是如何在隆冬潜入北极水域采集贝类的。我们一边感受着嘴唇肿胀、麻木的滋味，一边听他轻声说着危机重重的工作。他常常语带戏谑，你不可能不被他的故事吸引，就像他手中的蛤蜊一样。

休息时，我找到了他。他抽烟抽得很凶，身子还在紧张地发抖。他告诉我，他是在我非常熟悉的苏格兰长大的。我们在同一个海滩游过泳，在同一片森林散过步，还在欧洲蕨丛里搭过类似的帐篷。我们发现我们为多家相同的餐厅供过货，只不过我来自伦敦，而他来自世界的尽头。

"来挪威看看吧。"他说。

我想学习如何将茶与贝类搭配，这似乎是个很好的借口。

"如果你想做好搭配，女人，就趁贝类刚下船还新鲜的时候做。"

十二月的一个清晨，天还没亮，我便乘飞机去了奥斯陆，接着往北飞往博德，然后搭飞机上一位乘客的顺风车去了轮渡码头。我乘坐快艇向北行驶了三个小时，进入了北极圈，来到一个叫诺德斯科特的小村庄。嗯，我本应该去诺德斯科特的，但我在前一站下了船。我站在结冰的码头上跺着脚，独自一人在黑暗中等待。我满脑子疑惑，完全不知道自己下错了站。过了好一会儿，一位老人牵着狗走了过来。他问我在干什么，我告诉他我在等罗迪。

"罗迪？他住在隔壁镇上。你最好跟我来。"

他带我沿着寂静的小路来到他的小木屋，走进明亮的厨房。他让我坐下，一边给我拿来香草蛋糕和阿夸维特酒，一边给罗迪打电话。在闪耀着北极光的天幕下，我们开着车行驶在没有灯光的道路上，四周都很空旷。当我到了目的地见到罗迪，他骂我是个糊涂蛋，骂着骂着就笑了起来。

我们进门前在门廊上踢掉了靴子上的雪。屋子里，一个烧木头的火炉发出阵阵热气。罗迪的妻子林迪斯是一名教育家兼学者，她平静地坐在火炉边织毛线，他们的三个儿子像小狗一样在旁边跳来跳去。我的床上放着一件包装好的礼物：一张冬天用的驯鹿皮，又粗糙又厚，可以铺在雪地上当

216

北极野餐地毯。上一次我去别人家住，发现床上有礼物，还是我住在比斯温祖母家的时候。

第二天早上，我们收拾好装备，把它们都装上船，在摇摇晃晃的码头上等待一缕微弱的光线从天际渗出。冬天，太阳从来不会从遥远的北方地平线升起，但在中午的几个小时里，太阳会靠近地平线，托起沉重的黑夜，迎来乳白色的暮色。群山环绕着我们。

船掠过空旷的水面向潜水点驶去。引擎一停，四周便一片死寂。船上结了一层冰。我看到罗迪只穿着潜水服下到水里，心里不免觉得他实在是疯狂。但我从未吃过像清澈、冰冷的海水中的海胆这样新鲜的东西，从未吃过。在寂静的冬日中午，从已经冻僵的手上取下手套的痛苦，只有为了那绝

妙的味道才可以忍受。想象一下，当你在海滩上散步时，一个巨浪将你击倒并卷到水下，那么等你从水面探出头来，大口呼吸着清新空气，你会有一种重获新生、喜出望外的感觉。带尖刺的黑色外壳里的橙色海胆籽晶莹透亮，咸咸的，是我尝过的任何鱼子都无法比拟的。

在潜水间隙，罗迪吃了奶酪三明治，抽了烟，还喝了我为他调制的浓浓的早餐茶，加了糖，但没加牛奶。只有和他一起出海，我才会喝加糖的茶。在凛冽的寒风中，这杯茶就像手套一样必不可少。罗迪的船是一艘敞篷小船，没有船舱，也没有船罩。我穿着一套保命的北极服，里面还搭了一件长款裘皮大衣、一件羊绒套头衫、一件美利奴羊毛衫和一件贴身丝绸背心，可我还是被冻得不轻。而且，我还没有下水。

不过，我们给海胆搭配的不是潜水员茶。回到罗迪家，我试着泡了很多种茶。只有最精致的白茶可以给海胆增色，而中国白牡丹茶是最好的选择。它有股青草味，柔软、甜美、多汁，带有最细腻的杏子味，和晶莹透亮、干净新鲜的北极海胆简直是绝配。

白牡丹茶是在银针茶之后采摘的。它是茶树上第一片展开的茶叶，也是下一片茶叶的芽。它没有被加工成绿茶，只是在山上露天晾干，就像银针茶一样。它已经开始进行光合作用，将春天的阳光转化为新的糖。它的味道比花蕾更深、更浓郁，散发着成熟杏子的香气。这香气在茶叶经历第一次冲洗后就会消失，加工成绿茶时也会丢失。但它在那些嫩嫩的初叶上留有淡淡的痕迹，你必须在茶到达你嘴里之前，在茶的香气中寻找它，并在你咽下茶之后再次寻找。这种香气稍纵即逝，却格外诱人。白牡丹茶本身就很美，它可以为海胆平添几分甜味，同时平衡其鲜味。我们会将冲泡好的白牡丹茶冷却至60℃左右再饮用，这个温度暖手却不烫手。

从那以后，罗迪、林迪斯和他们的孩子就像我的家人一样，而不仅仅是朋友。我一有机会就会去看望他们。

冲泡白牡丹茶

每150毫升水（加热至75℃）中加入2~3克白牡丹茶，浸泡90秒~2分钟。

如果要制作冷萃茶，在每升凉开水中放入6克白牡丹茶，放入冰箱过夜。冷萃白牡丹茶与夏季的牡蛎是绝佳搭配（到了夏季，牡蛎籽会使牡蛎肉多几分甜味）。更好的做法是，按2∶1的比例把白牡丹茶（4克）和白毫银针茶（2克）混合冲泡。如果搭配味道更咸的冬季牡蛎，我更喜欢用纯冷萃白毫银针茶。

第二十三章

中国浙江·杭州

友谊和友好不会总是那么轻松可得。我很确定，我不是唯一一个不想去参加舞会的人。我很乐意留下来，把王子留给其貌不扬的姐妹们。我太累了，压力太大了，或者说我只是害怕了。我们都有办法让自己的内心变得更强大，或者变得不那么脆弱。我会喝特定的茶，穿特定的衣服。

在餐饮业，很多厨师聚在一起，可能会让人望而生畏。在这个行业，女人很少。尽管放眼全世界仍有几位女性顶尖厨师，但她们在当今的餐饮业并不多见，而且经常被边缘化。这个房间充斥着虚张声势和支配欲，这种氛围是我无法一直承受的，我也不可能总是在这样的环境里装腔作势。我不反对悄悄地从人群中溜走，也不反对站在角落里打量。我生性腼腆，一直躲在幕后工作，直到成了茶女郎。当我必须承担起促进业务增长的任务、捍卫茶叶的工艺和价值时，我不得不从电脑屏幕后面走出来。我仍然会有非常害羞的时候，但这对我的生意来说是危险的信号。如果我不站出来，

沏：茶 的 奇 遇

我将是一个无药可救的代言人。

在一次我强迫自己参加的活动中，我遇到了一位年轻的设计师布雷特·梅特勒，我们聊起了我的茶女郎制服。通常它只是一件连衣裙，以红色为主，放在手提箱里几乎不占空间。我想要的是不那么脆弱、更实在的东西，以帮助我建立信心。但是，在餐厅这样的环境里，女人穿什么衣服才能给自己力量呢？男人可能会穿上剪裁考究的西装，而唯一身居要职的女人则穿着白色厨师服。

《杀死比尔》中的乌玛·瑟曼是个例外。在影片中，她饰演的黑曼巴在一家餐厅里凭一己之力用一把剑干掉了一百个忍者战士。她穿着两侧带黑色条纹的黄色运动服，就像李小龙那样。在影片后半段，她穿了一套类似的自行车皮衣。布雷特为我设计并制作了一件礼服裙，当作我的铠甲，以纪念那位挥剑的餐厅女杀手。她选择了厚重的黄色皮革，用柔软的黑色丝绸做衬里，并在皮革前面装上了拉链，还在其顶部和底部都开了一个小口。每当我必须勇敢的时候，我就会穿上布雷特为我定制的礼服裙。穿上它，我既不会悄无声息地站在人群的最后，也不必强行闯到前排。

我用那件礼服给自己加油打气。但礼服并不总是有用，可能还需要更微妙的方法。更多时候，我会给自己准备一种我最喜欢喝的茶——龙井茶。它会让我想起我身后美妙的快乐"军火库"，它是一门美味的"炮弹"，足以干掉那些说"茶就是茶"或"谁在乎呢"的人。

龙井茶是地球上最神圣的绿茶之一，我花了很多年的时间寻找这种茶的完美样品。它以最愉悦的方式将钢铁浇筑在我的脊梁上。

在17世纪的清朝，龙井茶被封为"御茶"（贡茶）。关于乾隆皇帝如何钟爱龙井茶的故事有很多，但我最喜欢的是他把茶叶藏进袖子里的故事。他那时在观察采茶工，看着他们灵巧地穿行在茶树丛中。他看得入了神，便学着采茶工的动作采了一把茶叶。这时，信使来报太后病重。于是他便将刚采摘的茶叶随手塞进了丝质的袖子里。回到母亲身边后，他发现茶叶像羽毛一样被压平了，而且还因为皮肤的温度被捂干了。他用那些茶叶泡了茶给母亲饮用。当然了，太后顿时恢复健康，龙井茶也因此受到了应有的尊崇。

龙井茶不难找，它的产地在浙江杭州。这不是什么秘密。龙井仍然是中国最著名的茶之一。问题是，我找不到好的，我想要的是没有喷过杀虫剂或除草剂的龙井茶。龙井茶在中国颇受欢迎，能卖出很高的价格。在那片著名的土地

上，种植者希望借助化学药品实现产量最大化，降低劳动力成本。土地和茶叶被认为太珍贵了，不能用老式的种植技术来糟蹋。这与法国的香槟和宇治的抹茶并无二异。但我想要的是用不同的种植方式培育的茶叶，也就是由某个小型茶叶种植园采用传统种植方式，而不是采用大型种植基地的新式手段培育的茶叶。这么多年来，我找对了人，却问错了问题。最后，我终于在一个茶场找到了我想要的茶叶。茶场的主人是一对夫妇，他们的女儿在一家大型出口企业工作。整个茶场就在一座小山上，四周都是田野，斜坡一直延伸到湖边。茶场面积太小，所以并不出名。

龙井茶是在三月底到四月初春雨来临之前采摘的。和往常一样，大部分茶叶是通过一艘缓慢行驶的商船运输的。在此之前，我会先少量订购，用于品尝、检测，满足自己的需求。手工制作的茶叶通过海洋运输碳足迹相对较少。而且，也不用太着急。有了现代科技，茶叶的包装和储存方式都可以使其保持新鲜。

这在使用木制茶叶盒的年代是不可能做到的。海水涌进来，风、雨、热气、海浪、潮气和海里的盐都对珍贵的茶叶不利。而码头边的仓库又潮又冷，也不利于茶叶的存放。人们曾经非常重视茶叶的新鲜度和时令性，有些专家至今仍建议不要在冬天喝龙井茶，因为那个时候龙井茶已经过了最佳时期。但是，如果茶叶是用铝箔纸包装的，且采用小包装，它现在可以保持完美的状态，就像它离开茶园时一样新鲜。

如果你每次只打开铝箔纸的一角，那么在你有机会喝光茶叶之前，空气还来不及抢走它的生命力。采用小包装，控制好重量，还能防止放在上面的茶叶压坏下面的茶叶。茶叶易受光和热的影响，尤其害怕空气和湿气。最好是买包装到位的小包茶叶，而不是包装美观却不严实的新鲜茶叶。普通的纸起不到密封作用，用它只是图它便宜。玻璃纸也好不到哪里去。即使是金属箔，也必须很厚才能完全防止空气渗透。密封的金属罐是不错的选择，可回收，可重复使用。

只要处理得当，现在的茶叶都可以存放好多年，但刚采摘的茶叶有些例外。虽然从四月到十二月，茶叶的味道可能没有什么不同，但品尝新采摘的茶叶时，人们会极力压抑内心的激动。茶叶品质的高低取决于季节、降雨量、温度、湿度、日照时间，以及自然界中影响万物生长的多种因素，还取决于制茶师傅的手艺。我可能去过一个农场很多很多次，对那里的茶叶的味道了如指掌，但每个季节都会赋予茶叶独特的味道，这让我每次从快递员那里收到第一个装着新茶的包裹时都会兴奋不已。

龙井茶是春天的味道。有时候，在二月寒冷的某一天，或者即将面对一大群人让你有些害怕时，你需要龙井茶给予你春的希望。一杯龙井茶能让我的心境从暗灰色变成鲜绿色，给我疲乏的身体注入新的活力。龙井茶尝起来有湿草、芦笋和新鲜榛子的味道。一年中第一批采摘的绿色嫩芽就像娇嫩的菠菜，有着醇厚的坚果味。有些人说龙井茶有栗子的味道，但我觉得它的味道更像榛子，口感顺滑，是茶中精品。写到这里，我的口水都流出来了，我几乎不用品尝就可以继续茶的冒险之旅了。

杭州是中国少有的将杭椒作为重要烹饪食材的城市之一。杭椒不是四川辣椒，而是一种新鲜的绿色或红色的辣椒。对当地人来说，他们的食物就像他们的茶一样让他们自豪。而菜肴味道重，就需要浓郁的茶来平衡。于是，他们把龙井茶制作得像最好的中国绿茶那样柔滑、甘甜，高温冲泡也不会影响其味道醇厚的特性。龙井茶茶叶边缘的厚度接近日本煎茶，但它有种独特的轻盈感。这是一种矛盾的茶，味道既淡又重。它契合一种矛盾的心态，既胆小又勇敢。

我第一次参观杭州的茶园时，到得有点儿晚了。我的茶叶生意妨碍了真正的茶叶生意。因为春雨的到来，采摘已经结束。在温暖的空气和轻柔的细雨中穿过茶园并不是一件完全不愉快的事，尤其是对来自英国的人来说。当我穿过湿透的茶树丛时，细雨从伞下渗进来，弄脏了我的衣服。潮湿的空气格外芬芳，我偶尔能瞥见对面小山上起伏的梯田和山下的湖水。大多数时候，我面前只有白色的空气和闪闪发光的茶树叶子。云层中暂时出现的缝隙会以一种耀眼的方式展现

此处的风景。我的衣服很快就湿透了，长裙像包装纸一样粘在身上，我几乎不能移动半步。

我蜷缩在一间水泥房里，旁边是一个烧木头的炉子。我刚喝下一口滚烫的茶，湿漉漉的衣服上就冒出了蒸汽。公认的沏绿茶的方法是用70℃的水沏，龙井也不例外，但这并不是一个硬性规定。

茶农用一个古老而发黑的铁壶在炉子上烧水，用传统的西方方式为我沏好了茶。泡茶用的是品茶杯，而不是中国的盖碗，我猜他肯定以为这样会让我更舒服些。品茶杯是一个带把手和盖子的直边小容器，杯子边缘有两厘米长的部分呈锯齿状，就像一排小牙齿。如果把盖子扣在杯子上，通过锯齿状边缘可以倒出茶，并能像过滤器一样挡住茶叶。品茶杯配有一个特殊的碗，这种杯子的绝妙之处在于你能让杯子以一种稍微倾斜的角度在碗上方保持不动，扣着盖子直接将茶过滤到下面的碗里，不需要捧着碗。这在同时比较多种茶时特别有用。你要快速、连续地灌满几个杯子，计下时间，然后几乎在瞬间翻转杯子，这样茶就能均匀地过滤了。

采用这种方法时，品茶师的惯常做法是将5克茶叶扔进满满一杯沸水中浸泡3分钟。其理由是所有的茶叶可以在公平的竞争环境中被评估。这是英国人在印度发明的一种评价红茶的方法，但使用相同的茶水比例和水温并不能判断不同类型的茶，甚至不同类型的红茶。你不能把烤爱德华国王土豆和烤新鲜土豆相提并论。新鲜的泽西皇家土豆可以煮得很香，但不会像爱德华国王土豆那样烤得外皮酥脆、内里松软，来搭配烤牛肉和肉汁。龙井茶更像泽西皇家土豆——刚从松软的地里长出来的新鲜土豆。它需要用温度较低的水更细致地冲泡，才能散发出更甜美的味道。

你可能更喜欢把龙井茶泡开，让它舒展锋利的边缘，这需要更高的水温。你也可以选择长时间的低温浸泡，使其释放所有的糖分而不含单宁。我不确定哪种方法是最好的。我随身带了一瓶水。按照前面提到的惯常做法乖乖地尝了茶后，我又用凉一点儿的水冲泡了几遍。我在煮沸的水中加了点儿安全的瓶装水，然后从品茶工具包里取出一支温度计，分别品尝了用60℃~90℃不同温度的水冲泡的茶，还相应地改变了茶叶的浸泡时间，以真正了解茶叶的每一个细微之处和每一种味道。

那位茶农有点儿惊讶。茶农不是艺伎，也不是茶女郎，他们对待茶叶的方式通常更简单一些。当我问他平常怎么泡茶时，他有点儿摸不着头脑。我花了一些时间向他解释，告诉他我想知道他是如何给自己泡茶的。

他拿来两个又高又结实的玻璃杯，就像在学校里用的那种杯子，将手弯曲成杯状量了量茶叶，然后把被压得很紧的羽毛状茶叶丢入杯中。接着，他往杯子里倒了半杯开水，递了一杯给我。他对着杯子里的水吹了吹，马上开始啜饮起来。我学着他的样子，在滚烫的水面前皱着眉头快速地吹气，以致差点儿喘不过气来。第一口茶又烫又淡。我们慢慢地喝着，喝到一半时，味道开始变浓。我们紧张地喝了好几分钟才把杯里的水喝光，用嘴唇把茶叶过滤出来。与其说这是享乐，不如说这是忍耐。（英国皇家空军的一位老兵告诉我，他们经常没有时间滤茶。在忙乱之间，他会用杯子而不是茶壶泡茶。他说他还有一个优势，那就是可以用胡子过滤茶叶。）

随后，茶农又倒上水，第二次浸泡茶叶。水壶一直放在冰冷的铁桌上，现在水凉了一些，喝起来没那么难受了，更舒服了些。

他请我吃了午饭，我们坐在一起吃着辣椒、蔬菜和米饭。他告诉我混搭的味道才是完美的。我说不出它们的味道，因为我的嘴巴被烫伤了。

沥龙井茶

如果用容量为150毫升的杯子泡茶，我建议倒入2克茶叶和75℃的水，浸泡60~90秒。

第二十四章

美国路易斯安那州·新奥尔良

半满的茶杯很快就空了。那时候茶变凉了，我们也喝得更快了。我刚才还在看我的杯子，心想："哦，不，快没了。"喝完一杯如此美味的茶，我确实有点儿难过。前半部分茶，你得慢慢地喝，因为它很烫（希望你不会被烫到），你只能小口小口地喝。一定要停下来闻闻湿漉漉的茶叶，你有机会在它们靠近你的嘴唇之前就闻到它们的香气和味道。它们会释放出各种各样的香味，你会尝到其中一些味道，但不会是全部。错过这一步就等于错过了品茶的乐趣。湿漉漉的茶叶散发出的香味是你在茶汤中无法品尝到的。

在中国，他们认为回味也是值得的。的确，大师们对茶叶的评价也分为几个阶段：首先是茶叶被浸湿后散发的香味，然后是在杯子里冲泡时散发的香味，接着是舌头触碰茶汤时感受到的味道，之后是茶汤在你嘴里滚动时留下的味道，最后你把茶汤吞下去，最重要的味道却留在了你的嘴里。这就是为什么中国的品茶杯做得这么小，就像小顶针一样，你只能小口小口地品尝。

快喝完时，茶汤变凉了，香气也消散了，茶的味道也没那么浓了。我不是那种半吊子的人，我是个现实主义者。

我很感激有些餐厅邀请我给菜肴配茶，还有些餐厅甚至会在给菜肴配酒的同时提供全套茶饮。我并不想说不领情或者泄气的话，但事实是这种情况非常罕见。这种体验带来的快感逐渐在我的杯中冷却。

当然，如果你礼貌地提出要求，也有餐厅会在晚餐时为你提供茶饮，但这在亚洲以外的地方并不多见。真正的好冰茶可能会在午餐时被摆上餐桌，但到了晚上，人们还是更喜欢喝更浓的东西。我说的"更浓"不是指味道，而是指酒。就算服务员把茶端上餐桌，通常也会把它藏在烈酒的后面。

你会发现我在这几页列出了鸡尾酒配方。这是有原因的。这些年来，为了让人们真正爱上喝茶，我经常不得不让他们喝点儿酒。请不要太苛刻地评判我。这只是一个古老的策略。

在新奥尔良一个闷热的漫漫长夜，我和朋友吉姆·米汉曾让整个餐厅的人心醉神迷。吉姆身兼数职，既是作家、酒吧老板，又是全能型饮料专家。我和他一起准备了一顿丰盛的晚餐，配的是茶和朗姆酒。那时是七月下旬，天气比铁皮屋顶还热。在一年中的这个时候去新奥尔良确实有点儿可笑，气温飙升，空气湿漉漉的，但不管天气如何，新奥尔良还是那么美。而喧闹的世界鸡尾酒节"鸡尾酒的故事"就在

这个时节。

到了新奥尔良，我发现我所在酒店的大堂里有一支老式摇摆乐队正在演奏。从那一刻起，音乐就没有真正停下来过。大街上有音乐，出租车里有音乐，酒吧里有音乐，餐馆里有音乐，蜿蜒穿过城镇的老式木制电车上也有音乐。这座城市随处都有人演奏音乐，比如在走廊下演奏的无家可归者，还有些西装革履的小伙子在豪华酒店里演奏老式爵士乐。一切都是那么美好。

在热得直冒汗的天气里，音乐能让你气爽神怡。整个小镇的居民都很酷，一点儿都不做作。他们似乎非常渴望美好时光。这里和美国其他地方都不一样。新奥尔良是一个与众不同的地方，它虽深受老派南方人的势利作风影响，腐败和歧视问题也不少，但它繁华、兴盛，到处是美景，到处都是欢乐的海洋。

"鸡尾酒的故事"是一场行业盛会，欢迎世界各地的酒水和调酒师，并为获胜者颁奖。这不像餐饮或电影界的一夜盛会，而是长达一周的狂欢。每天都有行业专家和传奇人物举办以酒为题的研讨会。各大品牌纷纷举办奢华的派对，互相攀比，企图豪掷几百万美元盖过对方的风头。整个城镇都被调酒师接管了，他们把自己打扮成嬉皮士的模样，全都蓄着胡子，留着长发，袖子下有文身。当然，女性不留胡子。每个人都喝得烂醉如泥。

也有例外。吉姆·米汉是一个懂行的人，在酒精方面是个地道的专家，但他很少喝酒。他四十多岁，比他那个圈子里大多数人的年纪都要大，也更聪明。他还没退出那个圈子，还在酒水界呼风唤雨，他还要干出一番大事。他没有文身，刮了胡子，穿着熨帖的衬衫，眉头深锁，在一群放浪形骸、恣意享乐的年轻人中显得格格不入。我以他为榜样，让自己尽量保持安静，放慢节奏，好喝的东西不再喝完，而是空出肚子品尝更多的美味。

我需要耐力来享受这座城市除派对之外的神韵。而且，这里也不乏派对。如果你有适合派对的腕带，派对就会无休无止，一个接着一个，仿佛自由流淌的洪流，朝你奔涌而来。这盛大的派对为成千上万的宾客举办，耗资几十万美元，并不像盖茨比那样浮夸，走过去看看那些华丽的场面有多壮观就够了。举办派对的初衷是为了打动文身的年轻人，而不是戴草帽的茶女郎。我逃离了人群，来到了安静的地方。

我们的重要之夜被安排在这一周过半的时候，我和吉姆准备了一场潘趣酒配菜晚宴。我们招待了八十多位客人，每道菜都配有用朗姆酒和茶调制的潘趣酒。把茶加入酒中既美味又提神。酒是种松弛剂和抑制剂，而茶是种兴奋剂，我们将它们混合在一起调制出了我所认为的"有思想的女人喝的伏特加红牛"。

茶最早出现在混合性饮料潘趣酒中。潘趣酒就是最早的鸡尾酒，早在禁酒令出台之前就有了。它不是在美国而是在英国调制的，是一种混合了不同元素的平衡饮料，味道更加

沏：茶 的 奇 遇

可口。在补酒、果汁、含糖碳酸饮料甚至安全水之类的混合性饮料出现之前，茶就已被用于和酒混搭，以获得可口的味道，并让纯烈酒的味道更持久。

要想调制出最好的鸡尾酒，要做到精确和平衡。将合适的茶与酒混合后，在正确的稀释度、冲泡时间和比例下，它会发出嗖嗖声。如果调酒师在酒中混了茶，而我能立即发现的话，我会有点儿失望。在这里，茶是一种配料，它应该用来增强酒的口感，而不是主导酒的味道。它的加入可能只是为了增加酒的浓度、口感，就像增加味道一样。有那么多来自世界各地的茶，有那么多不同的味道，你可以给一杯美味的酒添加微妙的难以捉摸的味道。

如果你要招待一群口渴的客人，你不会想待在厨房或吧台后面没完没了地混合酒和茶。潘趣酒是最好的解决方案，它味道持久、可口，而且可以预先批量准备，以减轻调制鸡尾酒的压力。在那个炎热的夏夜，我和吉姆调制了所有的潘趣酒，我们没有出一滴汗，我也没有让花儿从我的头发上掉下来。我们提前做好了一切准备，所以我们可以毫不费力地在适当的时候为每道菜准备好每一种潘趣酒，还能坐下来享用晚餐。

如果你能在你的潘趣酒碗里放一大块冰，它就能在不迅速稀释潘趣酒的情况下使其冷却。如果你只能拿到普通大小的冰块，那就不要把它们放进潘趣酒里，把它们放在玻璃杯里，再用勺子舀起潘趣酒浇到冰块上。

　　吉姆·米汉非常慷慨地分享了以下食谱。这些食谱都是用于调制一升量的潘趣酒的。潘趣酒杯通常很小，容量大约是100毫升，所以客人需要不断地从碗里倒酒，这意味着他们会待在一起。一碗潘趣酒可以倒满十个杯子。如果你用装满冰块的玻璃杯喝，每杯大约需要150毫升，那么一碗潘趣酒能倒满六七杯。

　　我们迎接客人用的是"九霄云外"潘趣酒。

"九霄云外"潘趣酒

250毫升掺有云茶的朗姆酒*

175毫升蜂蜜糖浆*

75毫升酸橙汁

500毫升干香槟

提前一小时将所有东西（除了干香槟）混合在一个潘趣酒碗里，然后放入冰箱冷藏。

调制时在潘趣酒碗里放入一大块冰，加入干香槟，饰以旱金莲，然后舀入潘趣酒杯中就可以享用了。

掺有云茶的朗姆酒

15克云茶（或其他上好的喜马拉雅茶）

一瓶750毫升的五岛之岸白朗姆酒（或百加得）

将云茶倒入茶壶中，加入朗姆酒搅拌，浸泡5分钟后过滤回酒瓶中。

蜂蜜糖浆

170克蜂蜜

125毫升水

将蜂蜜和水放入平底锅中混合，用中火加热，直到蜂蜜溶解，冷却后使用。

我们晚宴的第一道菜是烤制的路易斯安那桃子（光是为了这些桃子，七月份去新奥尔良就值了）和奶油布拉塔。我们把甜桃子和浓红茶搭配在了一起。我为此定制了一款混合饮料，但一份像样的英式早餐茶也可以。

桃味潘趣酒

700毫升冷泡英式早餐茶*

150毫升班克斯7黄金时代朗姆酒或其他深色朗姆酒，如百加得朗姆酒

75毫升单糖浆*

30毫升桃子生命之水

45毫升柠檬汁

将所有东西倒入潘趣酒碗进行混合，在碗里加入一大块冰，用切好的新鲜桃子装饰潘趣酒。

冷泡英式早餐茶

25克优质英式早餐茶

1升过滤水

用过滤水泡茶，然后放冰箱里冷藏3个小时。

你可能需要根据你所用的早餐茶改变茶叶的量和浸泡时间。你需要的是一种比你想喝的冰茶更浓的饮品，它需要非常浓才能平衡鸡尾酒的味道，但又不能太苦。如果你有时间，可以每升水只加20克早餐茶，然后在冰箱里放一夜。

单糖浆

425克特细砂糖

500毫升水

将细砂糖和水放入平底锅中，用中火煨至糖溶解，冷却后装瓶备用（随身携带很方便）。

第二道菜是有些油腻的南方香菇排骨。我们搭配的是淡金色的朗姆酒，在酒中加入了普洱茶。我后来调制这款酒时用过威士忌，味道也很棒。你也可以用普洱茶作为延长剂，把威士忌稀释一点儿，这样就不会喝醉了。油腻的排骨和鲜软的香菇搭配口感顺滑、醇和的普洱，味道完美。

普洱潘趣酒

600毫升掺有普洱的朗姆酒或威士忌*

300毫升巴德斯比诺酒庄出品的美味曼萨尼亚雪莉酒

75毫升修士酒

未涂蜡的橙子

在潘趣酒碗里将所有的酒混合，然后在碗里加入一大块冰。

橙子切片后，在每个杯口上方挤一片，挤完橙汁后扔掉柠檬片。

掺有普洱的朗姆酒或威士忌

15克普洱茶

600毫升班克斯7黄金时代朗姆酒（或尊尼获加黑威士忌）

将普洱茶倒入茶壶中，加入朗姆酒（或威士忌），搅拌后浸泡10分钟。

甜点是搭配了新鲜柠檬马鞭草的多香果巧克力蛋糕。

晚宴结束后，我们去参加了一个派对，为送行最后调制了潘趣酒。它沿袭了以绿茶为原料调制的最早的潘趣酒的传统，但我们用的是日式煎茶，而不是更传统的中国绿茶。

在炎热的夏夜，这种酒不但调制起来简单，而且味道迷人。

绿茶潘趣酒

175毫升煎茶*

175毫升薄荷茶*

100克蔗糖

500克碎冰

60毫升酸橙汁

375毫升五岛之岸白朗姆酒（或百加得）

磨碎的肉豆蔻

将两种茶细滤到潘趣酒碗里，加入蔗糖搅拌，直至溶解。

加入碎冰冷却并稀释混合物。（当然，你也可以将冰块放在冷冻袋里，盖上茶巾，用擀面杖或锤子把冰块敲碎，效果也很好。如果你有满腔的怒火需要发泄，这是个不错的办法。除非你在酒吧工作，否则买现成的碎冰似乎很傻。）

加入酸橙汁和朗姆酒。

用磨碎的肉豆蔻装饰潘趣酒。

为方便路上饮用，可以将调好的酒倒入放了大块冰的潘趣酒碗里，或者倒入保温瓶里保存。

煎茶

将6克煎茶倒入175毫升加热至90℃的水中，浸泡5
分钟。

薄荷茶

将2克英国薄荷茶倒入175毫升沸水中，浸泡2分钟。

我们跳上了一辆叮当作响的老式木制有轨电车，它沿着
破旧的铁轨缓缓前行，穿过交织着霓虹灯和音乐的明亮街
道。这与我们在日本静冈县参观种植煎茶的茶园的旅程完全
不同。我在想，如果我弄碎了森内家可爱的茶叶，他们会不
会被吓坏。

第二十五章

日本·静冈

　　子弹头列车在单调乏味的半工业化的日本郊区飞驰而过，远处的富士山暗示着冰冷的浪漫。静冈县的皇家酒店相当压抑，并没有那么豪华。街对面的电线和电缆像脏辫一样缠在一起。酒店前台的工作人员皮肤黝黑，很难对付，他抽着烟，对人爱搭不理的。我的榻榻米房间很干净，只是有一股烟味。门是金属的，像监狱一样，没有窗户，但空白的墙壁被竹子和墙纸遮盖着，看起来舒服多了。房间中央的地板上放着一个蒲团，还有一个泡茶用的热水机。

　　和森内太太一起离开城镇去茶场是一种解脱。森内太太是一个整洁、安静的时髦女人，有一双粗糙的手和一张光滑、美丽的脸。她给我做了一顿美味的蔬菜汤午餐，还带我去看了她祖先的神龛。这些年来，我们几乎自然而然地学会了用手机上的翻译软件聊天。

　　我们尝了她和丈夫制作的新煎茶，他们用的是一种新的茶叶品种，她称之为"青岚"。我们还用这种美味的煎茶做了些玄米茶。我们从完好无损的茶叶中挑出稍微有些破掉的叶子，将它们与烤过的日本糙米混合在一起。我一直有点儿不愿意接受玄米茶，因为我传统地认为这种茶有点儿像在遮掩什么。在茶中加入泡米，在过去是一种消耗已过鼎盛时期或质量较差的煎茶的方法。森内夫人建议我，消除成见的最好办法就是用上好的煎茶制作玄米茶。我摊开手掌拍了拍额头，为自己的愚蠢而恼火，我竟然没想到这一点。她被我那一巴掌吓了一跳，但只是礼貌地笑了笑。

我们一起在他们家整洁的茶园里散步，中途来到了有机种植区，那里有种更狂野的魅力。森内先生造了一辆缆车，乘坐缆车可以到达更陡峭的山坡，采了茶叶带下来——这是一趟惊心动魄又危机四伏的旅程。他在一张加热工作台上演示了历史悠久、赫赫有名的揉茶手艺。一连好几个小时，他都在轻轻地前后滚动同一批茶叶，温柔地将它们揉捻成柔软易弯的形状。

晚上，我和塞坦瓦的亚历山大介绍我认识的日本老男人出去了。他是个茶叶买家，买过一些塞坦瓦茶叶。他为人风趣，烟瘾大，还酗酒，有些玩世不恭。他要带我去吃寿司、喝清酒。那地方相当嘈杂，而且不通风，他把我的外套裹在了他的衣服里，这样它就不会太臭了。一只摆着臭脸的猫站在叠得高高的一捆捆发黄的报纸上，居高临下地盯着我，眼神充满警惕。酒吧里摆放着从苏格兰麦芽威士忌协会买来的稀有混合威士忌的瓶子，上面落满了灰尘，瓶子里的酒早就没了。主厨同时兼着酒吧招待的工作，他一边给我们倒酒，一边抽着烟。酒吧里播放着古老的美国爵士乐。我感觉周围的一切就像村上春树笔下的场景。

第二天一早,我像坟墓里的尸体一样在没有窗户的房间里醒来,很想喝茶。好在我那天已经和一位最受尊敬的调制玉露茶的大师约好要见面。他向我展示了调配来自不同茶场的顶级绿茶的绝活儿。玉露茶之所以非常珍贵,得益于采摘前几周遮蔽阳光的"覆下"工艺:整个茶园都用网罩住,只能透进来几缕最细微的光线。(玉露茶是由一种非常类似礼仪级抹茶的茶叶制成的。)这不是一件容易的事,对珍贵的茶叶进行细致的蒸压也不是一件容易的事。

我是直接从宇治茶场采购玉露茶的,它在静冈以西约300千米的地方。我从未见过这样的调配手艺,很想跟那位大师学艺。那些顶级茶叶生产商将获奖的茶叶寄给他,他就像我制作英式早餐茶一样对其进行评估和实验。他将一日元的硬币(重量正好是1克)放在一个旧的铁秤上,对不同茶叶进行按量配给。我们把相同的玉露茶按不同的茶水比例放在一起品尝,并仔细分辨其中的差异。哪种比例才算最好?大师没有明说。我拿出手机,在翻译软件中输入:"整体效果强于各部分效果的总和。"他哈哈大笑,重重地拍了拍我的背,好像把我当成了男人。他邀请我坐下来品尝他亲手调配的最好的茶。

我可不是随意溜达到他的调配室的。我是经人介绍去的,这次见面也是早已安排好的。我第一次来日本时可没这么容易。为了找到最好的茶叶生产商,这么多年来我一直笑着面对各种质疑，因为舆论认为一个女人肯定做不了采购茶叶的生意。一个受人尊重、内心孤傲的男人被要求直接与一个女人谈判，不管她是西方人还是其他地方的人，他都会感到非常不舒服。一个男人或许会因为生意的缘故被奉承、被讨好，而一个女人充其量只能被容忍。近年来，随着年岁渐长、白发渐多，再加上坚持不懈的精神，我的状态越来越好。但作为一名年轻女性，在踏进日本茶界的初期，往往要面对羞辱性的拒绝。

冲泡玉露茶或煎茶

如果想用茶壶简单冲泡，那么每150毫升水中加入3克茶叶，泡玉露茶时水温为60℃，泡煎茶时水温可能要达到70℃。

若想让茶汤浓郁，那就每60毫升水中加入7克茶叶。

大师亲手沏茶，泡了八遍玉露茶，我陪大师喝了八次。第一遍用的是37℃的水，刚好是血液的温度，之后每泡一次水温就升高5℃左右。有几次，喝茶的时候我们还喝了黄色的味噌汤。大师说，茶叶还能泡出味儿来，于是又泡了两遍。前后加起来，一共泡了十遍。每一遍的茶汤都令人称奇。

日本有太多现象令人咂舌。在驶回东京的子弹头列车上，列车员在车厢的尽头停下来，转过身对着我们鞠了一躬，然后走向下一节车厢检票。

第二十六章

斯里兰卡·乌瓦高地·安巴丹德加马

从安巴丹德加马郊外的安巴庄园出发，你可以乘坐三轮摩托车沿着陡峭的泥路从山上蜿蜒而下，抵达赫尔-奥雅火车站。站牌是手绘的，非常整齐，上面有列车时刻表。原始的维多利亚时代的道岔是用一个大黄铜杠杆来移动轨道的。大约两个世纪前，英国人建造了这个火车站，时至今日，火车站并没有发生什么变化。售票系统也一如往昔，又小又厚的长方形车票存放在无数个木格子里。火车进站时，站长会穿上他的白色夹克，在站台上踱来踱去，站台上装饰着整洁、明亮的花坛。

开往科伦坡的火车停靠在车站对面的铁轨上，那里没有站台。要登上火车，你必须拖着箱包跳上铁轨，跨过铁轨后直接从那儿爬上车门处的金属梯子，期待有人好心地伸出胳膊拉你一把。在接下来的八个小时左右的时间里，火车将沿着弯弯曲曲的轨道缓缓驶向首都。透过脏兮兮的窗户，你可以看到茶园一直延伸到被茶树覆盖的山脊和山坡上。小贩们不停地跳上火车又跳下去，源源不断地提供美味的小吃。最后，你终于抵达嘈杂混乱的科伦坡火车站。

斯里兰卡的内战从1983年一直打到2009年，持续时间超过二十五年。内战期间，有些茶园被废弃了。人们认为，在一个因内乱而四分五裂的国家经营茶园实在是太难了。依靠茶叶谋生的社区被遗弃了。内战终于结束后，援助机构、非营利组织和各种顾问都赶来帮助这里的人重建家园。这其中就有西蒙·贝尔，他是安巴庄园的幕后推手。他没有说大话，而是说到做到，买下了一个茶场，并尝试建立可持续发展的新模式。

多年来，我一直努力在这里寻找一个可以合作的茶园。斯里兰卡出产大量茶叶，这些茶叶经常被冠上斯里兰卡在殖民地时期的旧名"锡兰"出售。（我不会把津巴布韦的茶称为罗得西亚茶，也不会把中国台湾的茶叫作福尔摩沙茶。）问题是，这些茶叶几乎都是工业化的产物，由大型企业集团生产，其生产方式与我想支持的方式相去甚远。此外，他们的茶确实没有达到我想要的那种品质。我曾经和游客们在茶乡努沃勒埃利耶周围的山上造访过布局精美、保存完好的茶园，并为此惊叹不已。但当我走近一看，我发现自己仿佛置身于"迪士尼茶园"，好好的茶园成了好莱坞式的梦幻乐园，只是为游客提供他们想看的东西。这里的茶叶工人被迫生活在极其恶劣的环境中，住在豪华旅游酒店的游客们对此全不知情。

　　我一直在寻找合适的茶园，但没有找到，直到我收到来自安巴庄园的电子邮件。西蒙雇用了一个叫贝弗莉的女人，她相当有魄力。他们决心种植一种经济价值高的作物，希望它能够支持当地社区的长远发展，不会受到茶叶商品市场波动的影响，也不需要昂贵的器械。他们的茶园位于拉瓦纳瀑布上方的乌瓦高地，当时那里废弃已久，一片混乱。作为一个女人，一个局外人，一个没有茶叶种植经验的人，贝弗莉很难得到当地的支持。于是她来找我帮忙。我很乐意帮忙，但我只是个卖茶的，不是什么制茶大师。不过，我问了塞坦瓦茶园的亚历山大，他多年来一直在为目标而奋斗，而且从零开始学会了揉茶。亚历山大愿意牺牲自己的时间，把掌握的专业知识分享给贝弗莉和西蒙，为他们提供帮助。我要做的就是把他从马拉维接过来。

西蒙在茶场打造了简约但非常时尚的客房。旅游业促进了这个项目的发展，游客们有机会置身于茶树之间，看到正在运作的有机茶场，而不是假日舞台布景。第一天，当地的厨师为我们准备了搭配辣味椰子叁巴酱的天妇罗茶叶：直接从茶树上采下鲜嫩的绿色茶叶，蘸上松软的面糊，放在热锅里油炸。我们一边讨论未来的困难和机遇，一边享用美食。

我和亚历山大在农场闲逛时，发现当地人不喝茶。他们在山上种植了一种野生柠檬草，贝弗莉正带着他们切割和烘干这种草药。我们看着他们用弯刀割下长长的叶子，将叶子顶端干枯的部分掐掉，再用剪刀把叶子剪得细细的，然后把它们放在太阳烘干机上烘干。他们至今仍然在采用这种方法。我确实想给他们买一台切割机，但很快就意识到这是个馊主意：有了收割机，就业机会就会减少。有些人为了谋生，干的活儿还不如坐在阴凉处小心翼翼地剪草茎呢。

从葡萄到茶叶，再到柠檬草，生长在土壤里的每一种植物，其味道都带点儿地域特色。我特别喜欢的一种柠檬马鞭草，是黑斯廷斯的朋友在海边种的。我会把它放在烘衣机里烘干，这样我的床单就会染上这种香味。它的味道和其他地方生长的马鞭草完全不同。它有一股玫瑰的香味，但也许这只是我的记忆发生了偏差，因为我想到了繁花似锦的花园，以及几乎察觉不到的仓鼠舔海盐的声音。

　　斯里兰卡的柠檬草与别处的不同。它尝起来甜甜的，像柠檬糖，有新鲜干草的香气和清爽的甜柠檬的味道。安巴庄园的柠檬草色泽鲜亮，还很柔软。比起安巴庄园的柠檬草产量，我们的销量更大，真是可喜可贺。我们现在还与一群遍布斯里兰卡全国的有机小农户合作，其中许多是女性，她们拥有的土地不到一公顷。萨拉特·拉纳维拉博士在有机种植方面非常具有远见卓识，在他的指导下，靠着他所提供的帮助和专业知识，种植柠檬草几乎不用费什么功夫。柠檬草为小农户带来的收入，成了他们全年收入必不可少的组成部分。

冲泡柠檬草茶

冲泡柠檬草茶不需要小心谨慎，它是最容易冲泡的一种草茶。水越热越好，有利于释放精油。

每150毫升水中放入2克切好的干柠檬草叶，浸泡90秒到几个小时不等。

冷却后就是一杯美味的冰茶。与茶不同的是，它不会随着时间的推移而氧化、变苦或变淡。

第二十七章

墨西哥·米却肯州

如果你不想喝含咖啡因的茶，还有许多美丽的香草可以选择，比如柠檬草。茶脱咖啡因要使用化学溶剂，去除的不仅仅是咖啡因。研究表明，这些溶剂本身可能就是有害的。纯香草冲剂或许对你更有好处。

在这本书里，"茶"和"香草冲剂"是两个可以互换的词，因为我们都会这么做。如果我们把一种香草放入热水中浸泡，然后喝浸泡过香草的液体，那么我们在英语中称这种液体为"tea（茶）"。这个术语是所有叶子饮品的统称。但为了清楚起见，我们要明白，香草不是茶叶，它们不含咖啡因，也不含茶叶中许多奇妙的特性。茶在中国第一次被饮用时，被认为是一种药物。我不是科学家，也不是江湖郎中，但大量研究表明，喝茶有益健康。你或许会对我的话嗤之以鼻，特别是我这个一直在喝茶的人还得过两次癌症。其实，我天生就是BRCA2突变基因携带者，所以非常容易得癌症。我能活到现在，也许在很大程度上要归功于喝茶的习惯。当然，还有运气的成分，以及有优秀的医生和英国国家医疗服务体系的保驾护航。如果我不幸病倒，请不要怪罪于喝茶的习惯，要怪就怪脆弱的DNA背叛了我。

不过，香草有自己的药用价值。其药用价值与茶叶的药用价值不同，但仍然非常有效。甘菊有助眠的功效。薄荷有助消化的功效。草药医生会郑重地写下每种香草的功效，但我感兴趣的主要是它们的味道。茶是我的第一爱好，但香草同样迷人、可口，最近我开始以同样的热情去研究它们。

我曾去墨西哥寻找一种我喜欢的稀有香草。那时我一直在寻找一种叫茴香牛膝草的植物，它是一种带薄荷味的茴香

叶，我第一次品尝到它是在纽约的时候。如果你不喜欢甘草或薄荷，这种茶可能不适合你。但有了它，我调制的许多香草混合茶就多了提神的功效，我喜欢在睡前喝上一口。它和牙膏一起用，效果也很好。

然而，我首先需要找茶农帮我种植和晒干茴香牛膝草。我曾在纽约北部和加州四处寻找，但没有找到。戴安娜·肯尼迪是全世界最了解墨西哥植物的女性，与她见面后，我发现这种香草的原产地不在美国，而在墨西哥。她解释说，在墨西哥，这种植物有很多名字，其中有一个叫toronjil。她认识一位德国医生，他在离她住的米却肯州不远的地方种植这种植物。她邀请我去她家做客，并提出让我们保持联系。

戴安娜九十多岁了，是一位非常杰出的女性。去墨西哥拜访她是一次令人兴奋的冒险之旅，不仅仅是寻找新香草的机会。我知道要从成为墨西哥毒品交易代名词的地区进口一种辛辣的绿叶草本植物绝非易事。最简便的途径未必是最愉快的冒险。

戴安娜家的客厅是绕着一棵穿过房子的树干建成的。在那里她告诉我，她的丈夫是《纽约时报》的记者，是他把自己带到墨西哥的，但没过多久她丈夫便死于脑出血。戴安娜没有回自己的祖国英国，而是留了下来，把学习、教书和撰写墨西哥丰富的本土植物以及墨西哥人古老的烹饪技术作为自己毕生的事业。她给我看了一张20世纪80年代在纽约拍的照片，照片中她穿着厨师的白色制服，周围都是当时的名

厨，许多人现在仍然家喻户晓。"嗯，"她说，"我写作，我做饭，我教书，亲爱的，当然我也会去纽约到处瞎逛。"

谈到这个话题时，我问戴安娜为什么一直没有再婚。

"天哪，我已经做过妻子了。我不想再做任何人的妻子，也不想再给任何人洗讨厌的臭袜子。"

她独自一人开着路虎在全国旅行，睡在离酒店很远的地方，直接向女族长们学习技术。那些女族长传承了她们未记录在案的智慧。她的书现在被许多人认为是墨西哥美食的圣经。她还是一如既往地无所畏惧。她绕着雄伟的古树建造的房子所在的地区，现在大部分都在贩毒集团的控制之下。戴安娜本可以离开这个强盗横行的国家，离开她居住的小镇，那里的人们常常被绑架、被谋杀，但她一个人留了下来。她不打算离开她美丽的厨房花园。房子周围都是果园，种满了稀有植物。她建造的东西证明了她对保护植物的热情。她将过去带到现在，并让它存在于未来。

她把我迎进家门时，一个和我一起从美国来的摄影师随即开始拍照。戴安娜请我们喝龙舌兰酒当开胃酒。她目光锐利地盯着他，问他在干什么。摄影师耸了耸肩，说他在拍照。

"你征求我的同意了吗？"

"没有。"

"那就别拍了。"

值得称赞的是，摄影师放下相机，向她道了歉。然后，我们走进了花园，她在那里用太阳灶生火做饭。我们吃完饭放下亚麻餐巾后，她问摄影师是否愿意拍些照片。他拍的我的茶叶放在篮子里挂在戴安娜家厨房的照片是我最喜欢的。在别人的厨房里看到我们稀有茶叶公司的茶叶罐，我总是充满了自豪，但对这些茶叶来说，能出现在戴安娜的厨房就更特别了。

戴安娜介绍我认识的那位奇怪的德国医生既是西医又是中医。他在平缓的山丘上有一个优美的有机农场，那里离戴安娜家很近。我不知道他是怎么对付毒枭的。他的农场种植了一些漂亮的香草，我告诉他，我来拜访他的路上穿越了整个美国，试喝了他寄给我的茴香牛膝草的样品，把它列在了美国几家最负盛名的餐厅的菜单上。

做好事并不是没有风险的。当这位德国医生听说我用他的草药做成了生意，还拿下了不少订单时，他把价格提高了六倍。我买了我需要的东西，而我们之间的交易就此画上了句号。但这并不是说，为了与戴安娜见上一面而开启的这趟旅行不值得。我在旧金山的朋友加布丽埃拉·卡马拉是一位墨西哥厨师，她后来介绍我认识了几位香草种植者。

沏：茶的奇遇

第二十八章

英格兰·康沃尔

我不必总是长途跋涉去寻找特别的东西。在英国，距离康沃尔郡特鲁罗不远的地方有一个古老的植物园，那里种植着优质的香草，还种了少量茶树。这个植物园叫"特里戈斯南"，从1334年起一直属于同一个家族。

为他们经营这个植物园的人叫乔纳森·琼斯，他的头脑和我的一样混乱而复杂。我们聊天的时候，在一个话题上停留几秒钟就会偏离正题，偏离计划。我觉得我们就像在花园里辛勤忙碌的蜜蜂，有时会在同一朵花上停留片刻。

乔纳森为博斯科恩家族创建了英国第一个商业茶园。当然，这并不是说以前没有人尝试过。如果罗伯特·福琼从中国偷回来的那批茶苗能够茁壮成长，这个把戏就成功了，只可惜英国的地形和气候不适合种植茶树。不过，特里戈斯南有着独特的小气候，因为墨西哥湾暖流环绕海岸，使康沃尔郡的海岸变暖。深水湾蜿蜒进入内陆，进入庄园。棕榈树枝繁叶茂。稀有植物茁壮成长，现在茶叶生长在一片坡地上，坡地一直延伸到一个湖泊处，就在一个有围墙的古老花园里。

这里没有大种植园面积大，只能种植少量的植物。让我兴奋的是他们收集的香草。几个世纪以来，帆船安全地停泊在那些切入庄园的沿海入海口。在平缓起伏的山丘的掩护下，他们把从世界各地收集的外来植物直接带到了特里戈斯南。

其中就有来自新西兰的麦卢卡树。在新西兰本土，这种植物是茶树家族的近亲，味道浓烈且过于刺鼻，不合适做成饮品。不过，它们可以从吃花粉、花蜜的蜜蜂那里收集珍贵的蜂蜜。在康沃尔郡，历经几百年的温暖气候，这种常绿的灌木逐渐变得温和，长出了耐寒的小叶子、柔软的木质茎和细小的花朵。当它们混合在一起时，就会沏出一种特别的茶，有一丝雪松和肉桂的芳香，不同于其他任何东西。在寒冷的冬夜，如果你喉咙沙哑，鼻涕滴答，它的抗菌特性就可以派上用场了。

很少有别的美味饮品能缓和心绪，除了甘菊茶。我以前非常不喜欢喝甘菊茶，直到我发现了克罗地亚的一个茶场。我总觉得甘菊干巴巴的，淡而无味，还带些苦味。不过，亚得里亚海附近盛开的甘菊却甜美、芬芳。从那以后，我发现从英国到智利，世界各地的甘菊收成都很不错。冲泡甘菊，关键是要把整朵花（包括雄蕊、花瓣和茎）都泡在水里，才能品尝到完整的风味。甘菊要在盛夏时节采摘，那时候花朵刚刚成熟。喝一杯上好的甘菊茶，就像在品尝一片草地上怒放的各种鲜花。

一天下午，稀有茶叶公司的一个团队犯了一个错误，泡甘菊茶时把水温调低了，结果却收获了意外的惊喜。我总是用开水冲泡香草，以溶解所有的精油，使其散发出最清爽的味道。但甘菊不一样。和茶一样，它含有苦味物质，泡太久会变得很难闻。如果降低水温，就不会出现这种情况。所有最好的芳香剂在水温达到约70℃时都会溶解，喝了会让人昏昏欲睡。

冲泡甘菊茶

将水加热到70℃，每150毫升水中放入2克甘菊，浸泡1分钟。甘菊可以反复冲泡。

第二十九章

西班牙·塔拉戈纳

　　当你往茶壶里放入五六朵干枯的小花，希望这几朵淡粉色的小花除了能用热开水冲泡外，还能做点儿别的，这看起来不太可能。不过，它们香味十足。你可以把它们摘下来并晾干，但做起来并不容易。这是我遇到过的最繁重的采摘。

　　正是通过这些小花，我认识了一位名叫费伦的年轻农民。我劝说他从他位于西班牙北部塔拉戈纳的马尔科纳杏树林里采摘这种小花。他一开始很不情愿，尝了花茶后他同意了。这些小花沏成的花茶令人陶醉。

　　为了泡出最好的味道，必须在合适的时间采摘花朵，光秃秃的树枝上绽放的第一批花朵含有大量的花粉。离巴塞罗那不远的塔拉戈纳干旱山区，早春多风，狂风吹动树枝，花瓣随风飘落。我们得加快行动。从第一朵花出现到花开满树，只有一周的时间。我们永远不知道第一朵花会在什么时候开，必须提前做好准备，随时待命。杏树的花朵优雅、缥缈。它的花很小，非常娇嫩，不像樱桃有厚重的花瓣和花朵。每一朵娇小的花都必须单独手工采摘。

我并非每天都会爬到树上摘花。如果你早一点儿告诉我要爬到长满青苔的树枝上，我会告诉你我做不到。我从来不擅长爬树，即使年轻的时候也一样。我缺乏良好的平衡感（没错，体现在很多方面）。我本来没打算爬费伦家的树，但有一束花正好长在我够不着的地方，于是我把一只脚伸进两根树枝之间的缝隙里爬了上去。我的另一只脚踩在更高的树枝上，这样我就可以够到更高的地方。往下一看，我发现自己已经爬得很高了，正俯瞰着果园和被风轻轻吹散的花海。

后来我们发现自己无法安全地触碰到那些更细的、伸展开来的树枝，费伦只得去向邻居借梯子。他想办法借到了两把梯子，但是我们有四个人在摘花。于是，我们登上梯子爬到合适的地方后，其中两个人坐在树上，另外两个人借助梯子去够外面的树枝。我发现自己坐在树梢上，比我能爬到的位置要高得多，头顶就是蓝天，双腿在长满苔藓的灰色树枝间晃荡。这看起来有点儿可笑，但我伸手就能摘到那朵花。

那天晚上，费伦的母亲和祖母在农舍的火炉旁为我们做了晚饭。我那一口蹩脚的南美西班牙语是我在玻利维亚生活期间在没有书本和老师的情况下学会的，讲故事的话也够用了。他们给我看了家庭相册，里面是一个强壮的年轻女人在地里干活儿的黑白照片。照片里的人是费伦的奶奶，现在是一位身体虚弱、佝偻着背的老妇人。我们用炉子上的平底锅

将水加热，冲泡新鲜采摘的杏花，用筛子过滤后饮用。

　　采摘后的一个星期，在费伦农舍楼上的房间里，鲜花被放在薄棉布床单上晾干，被小心翼翼地翻动，以免它们被擦伤或腐烂。那年春天很冷，费伦家厨房炉子里的柴火散发出一股淡淡的烟，熏着花朵。花的香味不减反增，让我们尝出了更细腻的味道。

　　花茶有淡淡的杏仁味，带有杏仁糖的香气。之后你会尝到蜂蜜的味道，然后是黄油洋蓟的味道。奇怪的是，你煮洋蓟时，水会变得又咸又苦，根本不能喝。洋蓟是一种泡水后不太好喝的花，但有了杏花就不一样了。如果你了解洋蓟的特点，可以给它裹上黄油和蜂蜜，然后把它放在甜杏仁中进行冲泡，这样你就能品尝出洋蓟茶的美味了。对于微小而苍白的杏花来说，其味道已经非常浓郁了。干花一碰到热水就会开始软化，会快速吸满水。很快，湿漉漉的花儿会像浅粉色的小仙女一样漂浮起来。你很快就会发现自己像魔怔了似的，捧着玻璃茶壶对着光看着花朵，雄蕊在水中颤抖，花瓣在轻轻摇曳。

　　如果你担心爬树采花不利于坚果的生长，其实大可不必。许多树都很老了，不再产出优质的杏仁。相反，采摘花朵可以给杏树瘦身，从而产生良好的效果。如果一棵树上结了太多的坚果，负担就会过重，坚果就会长不大，而且会变得不好吃。摘掉几朵早开的花有助于坚果的生长。但采摘花朵是一份苦差事。我知道费伦就觉得这活儿很麻烦，而且现在还是他一年中最忙的时候。到了春天，农民有很多事情要忙，所以我才去帮忙的。在明媚的春光下，从飘着花香的树上采花并不是我干过的最糟糕的活儿。

冲泡杏花茶

将水烧开后，每150毫升水中只需要放入五六朵干花，然后浸泡3~5分钟。杏仁最多可以冲泡五次，只要在相同的温度下不断加水即可。

第三十章

英格兰·萨默塞特郡·格拉斯顿伯里

我的帐篷搭在一辆装满鸡肉的冷藏车旁边。作为摊贩，我们可以在摊位后面扎营，就在人群中间。我们摊位的一边是卖炸鸡的，另一边是个舞蹈团队的帐篷，步行几分钟就能到达其搭建的主舞台。装满鸡肉的冷藏车并不安静，一点儿也不安静。即使在夜深人静的时候，舞蹈团队停止播放低沉的音乐，冷藏车的引擎也会发出轰鸣声，时断时续，一遍又一遍地重复。然后是阳光带来的问题。那几日，我们很幸运地遇到了大晴天，没有下雨，地上不泥泞，但仲夏时节太阳出来得早，尼龙帐篷因此成了温室。

我根本睡不着。我躺在帐篷里，琢磨着自己要做点儿什么。

格拉斯顿伯里音乐节主办方负责准备食品和饮料的工作人员邀请稀有茶叶公司来现场调制好茶时，我想不出拒绝的理由。当然，我们需要搭建摊位，解决后勤问题，包括人员配备，还要在萨默塞特郡待上六天。不过，我倒不担心要泡很多杯茶。在格林公园英国皇家空军纪念馆的开幕仪式上，我的团队在一个小时内为包括女王及其家人在内的活动人员泡了5000杯英国皇家空军茶。我觉得很骄傲。我不知道来格拉斯顿伯里音乐节的人多达17.5万。我从来没来过。

几天来，我们忙着为一大群口渴的人泡茶，他们发现我们的时候完全被吓了一跳。我们在摊位上方拉了一条巨大的横幅，上面写着"稀有茶叶——快速泡出好茶来"。我们做到了。音乐节现场供应了大量的酒和瓶装水，还有一种漂浮在温水中的袋泡茶，但我们的散装茶依然很受欢迎。

我的侄子詹姆斯和他的几个二十多岁的朋友也在那里。晚上收摊后，我会和他们一起去听音乐，一起跳舞。格拉斯顿伯里音乐节场地广阔，活动贯穿整个夜晚，直到灰蒙蒙的黎明来临。詹姆斯会体贴地陪我穿过冰冷潮湿的草地，把我送回摊位前。

当清洁工大军安静地穿过农场清理垃圾时，迷路的狂欢者像僵尸一样四处游荡。由于神志恍惚，这些面容苍白的人已不记得他们的帐篷在哪个位置。这里实在是太大了，他们和朋友走散了，钱包不见了，路也找不到了。他们穿着被汗浸湿的T恤瑟瑟发抖，像飞蛾一样扑向我所在的闪着亮光的帐篷。要是我钻进自己的睡袋，把他们留在外面，那未免有些无情无义。满载鸡肉的冷藏车轰鸣着，太阳很快就要升起来了。我用水壶烧了水，泡了茶。不管怎样，我需要喝一杯茶。

他们被睡椅上唯一的亮光吸引，试探性地向我走来。

"你有什么吃的？"

"只有茶。"

"不会吧？！真的吗？"

"真的。有热茶。你们要来一杯吗？"

"多少钱？"他们在紧身牛仔裤的空口袋里摸索着，用他们圆圆的大眼睛看着我。

"来吧，喝一杯。不要钱。"

"不是吧？！真的不要钱吗？"

"没错。你们看上去有必要喝一杯。"

说到疲惫，我只比他们稍微好那么一点儿。我们挤在一起，捧着温暖的茶杯，互相帮助，互相安慰。他们快要支撑不住了，幸好在倒下去之前喝了杯茶。

他们走之前，苍白的脸红润了不少。我在茶里加了一点儿糖，还加了全脂萨默塞特牛奶，他们才有力气去寻找自己的帐篷和朋友。他们没再迷路，找到了帐篷好好睡一觉来消除熬夜的疲惫。这让我想起了二战中给被轰炸的城市运送茶叶的货车。如果我有可以挥霍的钱，我想带着茶叶去难民营。我希望能组建一支茶叶灾后恢复队伍，配备专机和设备，这样我们就能到现场分发茶叶。适当喝点儿茶能使人心情愉悦。这样的话，即使看似失去一切时，也不会失去一切。

第三十一章

你的卧室

独自到世界另一端一个遥远而陌生的地方旅行，我很少感到害怕。每次开启一段冒险的旅程时，我内心的兴奋远远多于恐惧。但我并不总是勇敢的。独自待在自己的卧室，有时也会让我很痛苦。

躺在自己的床上虽然很安全，却比孤独地走在一个陌生城市的小巷里更让人心生恐惧，比坐着一辆古老的公共汽车在山上沿着土路颠簸而行，俯视着两旁危险的悬崖更让人提心吊胆。有时候，一种不安的感觉会出乎意料地、莫名其妙地笼罩住我。在那些时刻，我感到失落和恐惧，不敢在思想上向前迈出一步，也不敢后退一步。

我想，你知道这种感觉。我觉得我们大多数人都会时不时地被这种感觉吞噬。它常常在黑夜降临，似乎不知从哪里而来。在外面的世界，在公司，幽默和乐观就是我的武器，我很少会因为真正存在的、实实在在的问题沮丧很久。然而，不知为什么，在夜晚的某些时候，我发现自己的想法很消极。

我觉得自己就是废弃的沥青网球场上瑟瑟发抖的杂草。

喝茶并不是每次都能解决这个问题，但总会有所帮助，比喝一瓶威士忌好得多。

在夜晚的恐惧中喝上一杯美味的茶，我就没那么孤独了。每喝一口，被孤独束缚的心就会放松一点儿。我会回想起茶场的清香，回想起种植茶叶、采摘茶叶、加工茶叶的男男女女。我感受到了与世界各地的人的联结，他们可能也正喝着美味的茶，像我一样独自一人在夜晚畅想。

我不怕咖啡因会让我睡不着。在这种心境下，睡觉起不到抚慰内心的作用。它只会愚蠢地把我拖入无休止的噩梦中，一直重复我脑海中能挖掘出的所有琐碎的烦恼和尴尬。尽管焦虑侵蚀着我的意志，让我瘫倒在凌乱的床单上，或是把我摁倒在无法得到安慰的臂弯里，但我已经学会强迫自己站起来，走向水壶。我会洗脸、梳头，穿上漂亮的衣服。自怨自艾只会让我变丑。现在不是讲究笨拙、实用的时候，你需要的是你身边最美的东西。当然，你也需要最可爱的茶杯。这可不是装在杯子里的安慰茶。这是对一个没有安慰的世界的拯救。平常的东西不起作用，你需要的是你最珍爱的茶壶、你最珍爱的茶。

黑暗中有灯的光芒，有你手中杯子的美丽，有茶的温暖。我试着揣摩你，想知道你选了什么茶，穿了什么衣服。你可能穿着一件丝绸睡袍，或者穿着你女朋友的睡衣。你裸露的肩膀上披着爱人的西装外套，或者羊绒披肩。你也可能裹着亚麻床单、柔软的毯子、一件你从来没有机会穿的拖地晚礼服、你为你的婚礼做的西装。

虽然独自一人面对着一个可怕的世界，可你没有在床上发抖，没有绝望，而是挺直了腰坐在那里。你的手包裹着温热的杯子，你的嘴唇热乎乎的，因为你喝着美味可口的茶。

谁能想到一片不起眼的茶叶也能有如此浓郁的味道？几千年前，有人完善了一种从山茶花丛中汲取这种快乐的方法。这一切源于人类的想象，看似不可能，也未必会发生。然而，你却在这里喝着茶，充满活力。

第三十二章

中国·福建

在充满爱意的美好夜晚，我会建议你泡一壶茉莉银针茶。如果你的意图是诱惑，那么它就是茶界的催欲剂。

并非所有的茉莉花茶都是一样的。你可以拿一种便宜的红茶，用茉莉花香薰一下，或者用茉莉花油浸泡一下。你也可以随意拿一种茶，往里面添加合成香料。你还可以往茶里放些干茉莉花，让它看起来更自然。不过，撒在茶里的一把花也可能是一个警告。想获得茶香需要很多花，放那么几朵花只会散发出微弱的香气。如果它闻起来有合成的味道，可能就是放少了。我不会用那些茶去诱惑任何人。它们可能和一桌刺激你味蕾的中国菜很搭，但在你安静的家中，与你心仪的人独处时，感官是敏锐的。

茉莉花龙珠茶是比较好的选择。它们由蒸熟的茶叶制成，茶叶被揉捻成紧实的球状，在冲泡时会松散开来。蒸茶是软化茶叶的必要步骤，这样茶叶就不会在揉捻的时候裂开，但这会让茶变成一种更涩的绿茶。龙珠茶很漂亮，但它

们是二等品。不是我势利，我只是建议你为一个你想与之亲密接触的人展现最好的一面，尽可能把场景布置得漂亮些。如果你退而求其次，你可能会怀疑自己的意图。如果是我，我会选择有茉莉花香味的银针茶。

如果选择茉莉银针茶，热水一碰到茶，茉莉花就展开了。它没有浓重的香味，而有种花园在漫长而温暖的夏日夜晚散发的柔和香气。

泡茶的时候，你可以讲讲茶叶采摘、加工的过程，讲讲调制的过程，多浪漫呀。

茉莉银针茶以前只有皇帝能喝。古时候，中国福建省的老百姓必须拿出他们能拿出的最好的东西献给皇帝，作为朝贡。那时候，中国各地都要上贡，贡品包括最好的丝绸、瓷

器和珍贵的玉石等。福建人挑选的是有茉莉花香的银针茶。据说，皇帝很喜欢这种茶，他把茉莉银针茶珍藏起来当作贡茶，专供皇家享用，其他人不得擅自饮用，普通老百姓根本无福消受。

在福建一个炎热的夏夜，我从香氛室出来，就像中世纪的交际花一样浑身散发着香味。那些交际花常常把自己关在铺满花瓣的房间里，好让自己的皮肤沾染上花香。我在茉莉花田里度过了那个金色的下午，身边都是低头采花的工人。适合闻香的茉莉花品种是一种灌木，而不是爬墙植物。采摘者在点缀着白色星星的深绿色灌木丛之间缓缓移动。每一朵花都必须经过精心挑选：一旦盛开，花的香味就会消散；含苞待放，香味又无法充分散发；花瓣裹得太紧，当天晚上在香氛室里就打不开了。

就像银针茶一样，茉莉花也是在花蕾成熟、即将开放时采摘的。夜幕降临时，一篮又一篮即将盛开的花蕾被送到了香氛室。一箱箱白毫银针茶从四月份起就用厚厚的箔纸小心地保存着。当装白毫银针茶的袋子被打开，茶叶释放出新鲜的香气，就像炎热潮湿的夜晚扑面而来的春天的气息，清新而凉爽。银针茶被装在较深的篮子里，茉莉花则被装在其他较浅的篮子里。

一个年轻人站正在一个一臂宽的圆形竹制托盘前，从盛茶叶的篮子里轻轻地捧起满满一把银针茶，把它们撒在托盘上，直到铺满为止。然后，他转向盛花的篮子，往托盘上撒上一层茉莉花蕾，直到它们盖住柔软的银针茶。接着，他又在茉莉花蕾上铺了一层茶叶，把花蕾都盖住。直到托盘装不下了，他才停下来，开始装下一盘。

当他忙着往托盘里装东西时，在隔壁的房间里，穿着塑料靴的男人们在石头地面上铺了一块半个网球场大小的薄棉布。他们把几辆手推车里的红茶倒在上面，用铁锹把红茶均匀地摊开，大约有8厘米那么厚。然后，他们又推来一车一车的茉莉花，其中许多花蕾已经开放，看得出来采摘的时候不是特别讲究。他们用铲子把花铲出来，铺在满地的红茶上。深夜时分，他们会回来用铲子把茶和花混合在一起。他们解释说，这种混合茶会被送到餐厅。虽然它们泡出来的味道不如银针茶好，但散发的花香还是很诱人的。

存放银针茶的房间被封上了，茉莉花也被留在了那个房间里。在六月炎热的黑夜，花蕾会开放，散发出香气，而银针茶上柔软的绒毛能捕捉到花的芳香。

第二天一大早，那些花蕾就被扔掉了。像是被无情的恋人抛弃了一般，花蕾被扔在一边。茶叶则被仔细分拣，掺在里面的花蕾被如数挑出。潮湿的花蕾比晒干的茶叶重，轻轻一筛就落了下来。然后，人们会用手将残留的花蕾挑出扔掉。第二天下午，人们再次采来新鲜的花蕾，将其铺在散发着花香的茶叶上。这个过程会重复六个晚上，每天晚上鲜花都被带进来和茶叶放在一起。隔天早上，花就会被移走。到了第七天早上，茉莉银针茶就准备好了。

茉莉花的香气会从你的杯中飘出，你举杯送至嘴边的茶汤很少有比这更沁人心脾的。

冲泡茉莉银针茶

每150毫升水中放入2克茶叶，将水加热至70℃，浸泡90秒。

第三十三章

苏格兰西南部·埃斯克代尔缪尔

我们又回到了起点，回到了苏格兰西南部，那里还有一个对我的茶事业产生重要影响的人。我只见过那个女人一次，那是在一个潮湿的秋日，在离戴安娜家不远的地方。她叫阿尼·德奇·帕尔莫，曾是薇薇安·韦斯特伍德品牌的设计师。在经历了一场可怕的车祸后，她改变了自己的生活。她从伦敦搬到了欧洲最大的藏传佛教寺院——位于埃斯克代尔缪尔的三昧耶林。我不记得是谁最先把我介绍给阿尼·德奇的，我当时正在为《卫报》拍摄一部关于茶的电影。

寺院的住持会给每个和尚和尼姑分配一项任务，而阿尼·德奇的任务是放哨。她大部分时间都独自住在寺院边缘的一座石塔里，她的工作是祈祷寺院里的人得到保护。有人会给她送吃的，就放在门外。她不和任何人说话。她可以随意离开居住的石塔，在长满蕨类植物的绿地和潮湿的森林漫步，却被要求必须保持沉默。沉默期可以持续数年，但也有例外。每年圣诞节，她都会去伦敦拜访薇薇安和她的家人；

沏：茶的奇遇

她有时也会和我聊聊茶的话题，并通过信件继续交流。

石塔里的房间很小，她几乎躺不下去，但里面有一个可以取暖的烧木头的炉子，还有藏红花地毯和靠垫。它看起来更像是一个温暖的小窝，而不是一间牢房。我们谈起了独处与逃避，她解释说，许多人认为选择当尼姑的生活是为了逃避严酷的现实。想到这里，她笑了起来，娇小的身体在橘黄色的长袍里轻轻地摇晃着。她剃光了头发，苍白的脸上扑闪着一双幽蓝的眼睛。在一起喝茶的几个小时里，我们时常开怀大笑，但最让她感到好笑的观点是，独处可能是一种逃避。她告诉我，世界上最难的事情就是面对自己时不分心。我只能开始想象。

我每天都有许多让我分心的事情。我觉得自己几乎没有时间思考，而所有的思考都是有必要的。虽然我尝试过，而且还在继续这样做，但我非常非常不擅长一动不动地坐着。写这本书对我来说就是种折磨。阿尼·德奇是静坐高手。几十年来，她与自己和解了。如果有一个我可以形容为气定神闲的人，那一定是她。

她给自己的唯一一件奢侈品就是茶。对她而言，沏茶是一种一丝不苟的仪式，需要高度的专注，她将其视为一种冥想行为。准备沏茶时，她的注意力会从含糊不清的念头转移到清晰的焦点上。喝茶时，她会从中获得一种强烈的快感。一天中的大部分时间，她要么跪着，要么盘腿坐着。不管什么时候，她的背都是挺直的，她的头都抬得高高的，这种姿势和挺直的身板能让她保持专注，防止她在祈祷或冥想时昏睡过去。她只允许自己在呷茶的时候放松下来，靠在橙色的枕头上休息。

十多年来，我一直在给阿尼·德奇寄茶叶。有意思的是，她喜欢喝的不是有提神作用的茶，而是野生博士茶，一种不含咖啡因的香草茶。她不像几千年来一直靠喝绿茶来帮助冥想的藏传佛教僧侣，她比那个爱喝抹茶的日本僧侣要好得多。阿尼·德奇告诉我，真正让人上瘾的东西是快乐。

第三十四章

变革

几年前，英国一家小报的记者质疑我，他说茶就是茶，差别只在于价格，在于有没有花哨的包装，在于有没有夸张的宣传。我带他去了国王十字车站附近的一家文身工作室，它位于当时略显破旧的伦敦市中心。工作室的老板是一个长相凶狠却性情温和的男人，名叫赛克·乐·黑德。他脸上和身上都有文身。他非常爱喝好茶。

店里的文身师和他们的顾客，都比他们看起来要友好得多。我给每个人都泡了两杯茶，一杯是普通的袋泡茶，另一杯是散装英式早餐混合茶。我问他们是否能尝出不同的味道，以及他们更喜欢哪一杯茶。大家达成了共识，他们都更喜欢散装茶。你不需要成为一名主厨或者受过训练的品酒师，也能鉴别出好茶。

我所说的好茶，指的是由技艺精湛的工匠团队制作的味道最好的茶。在茶场种植、采摘和制作的茶叶泡出来的茶是最美味的。在工业种植园里，由大型农业企业用大量机器，以最低的成本和最大的产量制作的茶叶，我不会称之为好茶。

即使在英国，工业袋泡茶的销量也在下降。我们喝着不同品种的茶。绿茶和香草茶的销量正在迅速增长。优雅的散装茶不再被认为是小众的或一茶难求。我们有很多选择。我们不受过去束缚，也不受供给的限制。茶就在那里，等着我们去享用。

如果我告诉你，你很重要，我并不是在拍马屁。你很重要。你真的很重要。你的目标很重要。有了好茶，你可以改变世界。

别有压力，伙伴们。我不想吓唬你们，但就像纳扬、贝弗莉、莫里斯、拉贾和亚历山大一样，我想不出别的出路，他们全指望我们。他们给我们提供了非常好的茶叶，他们不希望我们无私地做慈善。他们正在制作更值钱的茶叶，以卖出更好的价格。我们不必因为想拉他们一把而买他们的茶叶，他们不是在寻求施舍或援助。他们希望通过自己的努力制作出上好的茶叶，让我们愿意为之埋单。你只要试一试，就会明白这些变革者并没有错。喝一口他们的茶，未来肯定会更有希望。

问题不在于供应，而在于需求。

选择上好的茶叶，直接从茶农那里购买，而不是通过不知名的中间商，这种选择的连锁反应将是多方面的。你是在支持世界各地的社区，支持人们努力摆脱贫困，迈向可持续发展的未来。你是在为传承高超的制茶技艺做贡献，防止制茶技艺在机械化的大环境下失传。你甚至可以迫使大型企业集团改变他们的制茶方式。

　　同志们，这是战斗的号令。

　　这个使命并不难完成。选择喝好茶可以改变世界，也可以给自己最大的快乐。

　　这是一场快乐革命。

在北海上空

　　我是在返回伦敦的飞机上写下这段文字的，心情非常愉快，但也有点儿不适，对未来充满了疑虑。

　　坐飞机的感觉很不舒服。就在我做了卵巢切除手术十天后，我经由埃塞俄比亚飞往马拉维。医生们给我摘除了卵巢，因为担心它会要了我的命。BRCA2基因突变使我很容易患卵巢癌，而在乳腺癌复发后，热带口炎性腹泻的基因异常活跃，值得警惕。在飞往亚的斯亚贝巴的航班上，我仍然有些不舒服，不得不服用可待因，并间歇性地在腿部注射血液稀释剂，以防止凝血。但二月能留在灰蒙蒙的伦敦，让我有很多时间去关注我失去的东西，这种感觉真好。

　　稀有茶叶公司的一个大客户要去邻国肯尼亚旅行，我说服她绕道去了马拉维。我需要让她亲自去看看塞坦瓦茶园，认识种植茶叶的真正意义，看看茶农的艰辛和茶园的美丽，以及为脆弱不堪的茶叶市场制作优质茶的艰难。如果她能看到我所看到的一切，她一定会像我那样献身于这项事业。我得走了。我出发了。我很好。

我从马拉维飞回家待了一个星期，然后去纽约见了一些客户，接着横穿美国到了洛杉矶、旧金山，最后又去了墨西哥。我飞回伦敦只是为了转机去香港。这条航线相当曲折，但在伦敦转机要便宜得多。为了采摘春茶，我在中国长途跋涉了五千千米。我回到伦敦后在办公室待了两个星期，然后去了日本，参加我在东京举办的配茶晚宴。之后又去了趟宇治，拜访了抹茶制造商。

入夏后，我回家休息了。我精疲力竭，无法入睡。我想我要疯掉了。我无法思考。我觉得自己迷失了自我。我会不合时宜地累得受不了，突然间不得不躺下休息。有一次最尴尬，在一家餐厅的厨房里，我靠着不锈钢柜台像具尸体般一动不动，把厨师们搞得莫名其妙。我有能力把公司继续经营下去，把生意继续做下去。我只是觉得我撑不了多久了。

于是，我雇了别人当总经理，这是我做过的最明智的决定。我们聘用了很多优秀的人才，他们喜欢喝茶，对稀有茶叶公司所做的一切充满信心，他们相信公司的出发点是为了茶农，而不是利润和个人利益。我终于可以睡得更踏实了。我完成了这本书的初稿。生意也蒸蒸日上。

一年后，我在春天穿过喜马拉雅山，走过印度，来到了斯里兰卡。之后，我又回去做了一次手术。那只是个小手术，不是很严重，没什么特别的事发生。两个小时的手术加麻醉剂只让我昏迷了几天。一周后，我又去上班了。十天之

后，我去了哥本哈根。我本来没打算在去之前做手术，毕竟时间挨得太近了。只是恰好有人取消了NHS外科医生的预约号，我很高兴自己抓住这个机会做了手术，而不是让它像一群蚊子一样缠着我不放。这里又不是非洲，我会没事的。

　　我花了一天时间走访所有与我合作的餐厅，品尝茶和菜肴，在万里无云的天空下走在阳光明媚的城市里。这里有焦橙色的灰泥天花板、蜀葵和扭曲的尖顶。因为手术伤口还没

沏：茶的奇遇

愈合，所以我没法儿和其他游泳的人一起跳进运河。

在诺玛餐厅吃过晚饭后，我累瘫了，疲惫不堪。我以前是那么快乐、那么兴奋。美食、朋友、美酒和茶，全都让我快乐。我一头扎进了疲惫的高墙，仿佛那是一块我在飞奔时根本看不见的透明玻璃。我出去吸了几口新鲜空气，腿都软了。我感觉血液正从我头上涌出来，我的心像飞蛾一样扑腾着。我的状态不太好。

那是昨天的情况。五天后我要飞往新奥尔良，为2019年的世界鸡尾酒节做演讲。结束后，我还要从那里赶往波士顿，之后去纽约。然后，我还要校订这几页文字，出席上海一家大型酒店的开业庆典。我们有意在中国销售茶叶。如果中国人爱上了来自印度锡金、梅加拉亚邦，以及尼泊尔和马拉维的茶，会发生什么呢？那将是一场伟大的革命。我们付出的努力也值了。我得出发了。我怎么能不走呢？你知道，我会喜欢上旅途中的每一分钟。

即使我能找到什么判断标准，我也不确定自己的未来会如何。我很固执。我决定的事八匹马也拉不回来。有时候，我会想起来我不只是个卖茶的女人。不过，我才刚刚开始挖掘隐藏在茶叶背后的秘密。

茶叶：散茶VS袋泡茶

好茶来自散装茶，喝了它，你的生活会充满快乐。

虽然袋泡茶很实用，但它永远不可能是真正的好茶。你可能会说大家都在喝袋泡茶，但从历史和文化的角度看，这一人数从来不是一成不变的。在中国，大多数人喝散装茶，我们以前在英国也这样。1968年，只有3%的英国家庭喝袋泡茶，而袋泡茶是大约1905年在美国发明的。对于一个真正爱茶的国家来说，袋泡茶被认为是功利主义的产物。20世纪70年代，我们有点儿痴迷于"未来食品"，比如用塑料袋包装的加了防腐剂的白面包、脱了水的土豆泥，还有颗粒状的咖啡——你只要加水就可以喝，就像宇航员一样。向"现代"袋泡茶的转变非常迅速，但我们或许能够同样迅速地扭转这一趋势。我们已经重新爱上了面包师做的真正的面包、用咖啡豆制成的咖啡和真正的土豆。现在到了我们重新爱上喝散装茶的时间了。

你们都知道，我一直对茶包里的漂白剂、胶状物和废物颇有微词，尤其是那些悬挂在茶杯边上的"丝绸"塑料锥形物。虽然其中有些是用不那么恶心的玉米淀粉做的，但在资源有限的世界里，这似乎是浪费。要把一棵树变成纸，把玉米变成网，需要用到工业化学品；为了使它变白，需要使用漂白剂；为了使它变得坚固，需要用塑料——没错，甚至纸袋也用了塑料。

但人们确实会把袋泡茶当作好东西。我不想疏远任何人，也不想惹谁不开心。所以，还是让我来解释一下散装茶的优点吧。

散装茶的好处很多。你可以用上好的茶叶制出多种美味的茶汤，而不是像袋泡茶那样，加水后泡出来的味道都一样。你可以毫不客气地将袋泡茶视为茶叶界举止轻佻的"交际花"：随便一泡，味道就出来了。散装茶则更像一位淑女：冲泡时要多花些时间，但味道更丰富。

茶叶冲泡六次，可以让你品尝到六种味道——每一杯的味道都不一样，而且一杯比一杯美味。中国福建安溪县一位年老的茶农曾经这样告诉我：

第一杯茶汤应该给你的敌人（茶农会倒掉第一次快速冲泡的茶汤，首次浸泡会软化茶叶，让紧紧收拢的叶子舒展开来）；

第二杯给你的仆人；

第三杯给你的妻子；

第四杯给你的情人；

第五杯给你的生意伙伴（因为生意比享乐更重要）；

第六杯留给你自己。

散装茶要适当浸泡。好的茶叶可能会破碎，但它们仍然是可以辨认的灌木型茶树的叶子。茶叶变干后会收缩，但加入热水后，它们又会膨胀。袋泡茶不会膨胀得太多，因为里面的茶叶通常是工业生产的低档茶叶末——微小的茶叶颗粒只有表面积，没有体积。与茶叶末相比，散装茶的表面积与体积比非常低。它需要空间舒展开来，让水渗透到其软化的表面。如果把它压在一个袋子里，不管袋子有多薄，或者把它夹在一个金属球里，或者夹在一个小注射器里，它就没有了移动空间，也不会完全被水包围。它确实在膨胀，膨胀，膨胀。冲泡时，上好的乌龙茶可能会膨胀到干茶叶体积的二十多倍。茶包需要有足够大的空间，才能让里面的茶叶泡好。

看看大盒袋泡茶旁边的小罐子，其实可多次冲泡使得散装茶比你想象的要便宜得多。但是，上好的茶叶确实更贵。顶级的奶酪、橄榄油和葡萄酒都要贵一些。我们知道，要投入很多技能、专业知识、时间和劳动力，要精心呵护，才能制作出最好的口味。它们的制造成本更高，价格贵我们也能理解。奇怪的是，居然有人会质疑为什么我们如此钟爱的茶叶也会有实际价值。要知道，即便价格更高，如果我们倒入适量茶叶沏上一杯，这杯体面的茶也只需几便士。比你在大街上买一杯咖啡要便宜得多。

多花几便士，你就能得到一杯精心制作、彰显高超手艺的美味，这代价是相对较小的。你可能不会每一杯都用上好的茶叶，但偶尔喝一壶好茶也不是不可能。

散装茶还会给你一些自主权。它不会自作主张，预先替你称好重量，搞得我们像是婴儿或不会用茶匙的笨蛋一样。如果你每天都泡茶，你就能很好地确定到底该放多少茶叶。你可以根据自己的需求和喜好改变泡茶的茶叶量。

这种自由有许多优点。在袋泡茶出现之前，人们会购买自己喜欢的茶叶。他们可以买混合茶，如果他们想要的话，也可以自己混合同一产地的茶，以满足自己的特殊口味，尽情享用自己心仪的好茶。

茶壶和杯子

泡一杯完美的茶需要几分钟，就几分钟而已。你可以在等面包机将面包片弹出的时候泡茶。如果你需要让眼睛离开屏幕休息一下的话，也可以在办公室里泡茶。茶叶遇水舒展开来，传递它们的喜悦，也给你带来片刻的欢愉。

公元8世纪，诗人陆羽曾写过，要喝上一杯美味的茶，应该用瓷杯，最好是在莲花池边享用，有一位迷人的女子作陪。你或许更喜欢绅士作陪。莲花池不是必不可少的，漂亮的茶具则无伤大雅。没有什么体验比将手工制作的茶叶仔细地浸泡在心爱的茶壶中，然后倒入精致的杯中更令人愉快的了。

就像喝酒时抿酒杯一样，你轻抿杯口，让茶汤缓缓流入嘴里，味蕾敏锐地感受着嘴里珍贵的茶汁的清香。喝茶时杯口给你的感受和精致茶杯的外观一样重要。宽口杯方便茶香袅袅升起，在品尝之前，茶的味道就已经沁入心脾。

二十多岁的时候，我在南美洲旅行时在阿根廷布宜诺斯艾利斯一家看上去摇摇晃晃的廉价小旅店里住了几天。其中一个房间里住着一位魅力四射却饱受摧残的老妇人。她长得像劳伦·白考尔，四肢纤细，总是穿着一件丝绸睡袍斜靠在门厅里的一把破藤椅上，拖鞋上装饰着粉色羽毛。一天下午，她邀请我去她的小房间喝茶聊天，但要求我自带茶杯。我带了一个蓝色的塑料杯。她有一套骨瓷茶杯和茶托，上面画着凋谢的花朵。她没有茶壶，但有一个野营用的炉子。她把锅放在炉子上烧水，放入茶叶，然后小心地用筛子把茶汤过滤到我们的杯子里。

她的房间很整洁，几乎空无一物。她的东西摆放地井井有条：一把银背梳子、一支香奈儿口红、一个鳄鱼皮手提包、几件挂在门后的漂亮衣服，还有一双浅黄褐色仿麂皮高跟鞋。她这点儿家当都可以装进我的背包里。她不像我，我带的都是在欧洲大陆四处游荡时穿的皱巴巴的破衣服，她带的都是值钱的东西。

她几乎失去了一切，和背包客们一起住在一个破旧的旅馆里，但她仍然拥有一些对她来说很重要的东西。她可以不断地与路过的旅行者交换新书，她可以向刚认识的人倾诉自己人生中的巨大悲剧，她还可以喝茶，优雅地喝茶。

我遇到过反对意见，有人认为用茶壶泡茶实在太麻烦

沏：茶的奇遇

了。如果你会用咖啡壶（法式压滤壶），茶壶用起来一点儿也不复杂。人们用茶壶泡茶已经泡了几千年了。我有时会遇到这样的问题：如果茶叶泡不出味道了，该怎么处理？用塞式过滤器或水槽里的滤网把它们拦住再捞起来就行了。没有被漂白剂、塑料、胶状物、细绳或订书钉污染的茶叶很适合做堆肥，可以直接埋入玫瑰树下的泥土中。

在旅行中或紧急情况下，你可以买几个大点儿的、未经漂白的空袋子，把散装茶叶装进去。挑选尺寸最大的袋子，大到足以充满整个杯子，让茶叶有膨胀和移动的空间。但这样做茶总有股纸的味道。袋子只是茶壶的替代品，最好留在危急关头使用。我有一个摔不破的蓝色搪瓷茶壶，非常靠得住，我去哪儿都带着它。

我一般不用银器，因为银是一种化学性质活泼的金属。如果你把银叉放进嘴里尝一尝，你会发现它有一种味道，跟不锈钢不一样。因此，不锈钢茶壶虽然没有银茶壶好看，但沏出的茶更好。银会与茶叶发生化学反应，对娇嫩的白色叶子效果更明显。如果你喜欢像正山小种那样味道浓烈、令人陶醉的茶，就不会有什么大问题。玻璃和陶瓷也是中性材料，适合泡茶。但如果你想泡多种茶，一定要确保陶瓷上了釉。用多孔茶壶泡茶，你会得到你想要的味道。

水

你需要的是富含氧气的淡水，它可以帮助茶叶释放最好的味道。如果水壶里的水被预先加热过，或者成了一摊死水，氧气含量就会降低。

如果你能在水槽下安装一个滤水器，那就太好了。水越好，茶的味道就越好，你就会少喝些发臭或含氯的水。

如果你只在水壶中倒入刚好够泡茶的水，而不是将水壶装满水，那么水就能永远保持新鲜。这也能节省时间和精力。

关于公平贸易的简要说明

我不相信包装上的品牌标志能保证你泡出来的就是好茶。公平贸易不仅仅是一个象征。

在茶场，我以他们设定的价格购买茶叶，而不是以商品市场设定的价格购买。高品质的手工茶，其价格是工业茶的十二倍。

稀有茶叶公司获得公平贸易认证后，茶农能从每千克茶叶中多赚几美分，但这几乎没有什么影响。我们按销售价格（包括运输、混合和包装等环节）的百分比，把更多的钱付给了经营公平贸易的机构，而不是茶农。他们在伦敦市中心有一间非常漂亮的办公室，还有巨额营销预算。不过，公平贸易市场正在衰落。

我取消了稀有茶叶公司的公平贸易认证，将销售收入的一部分直接投入稀有慈善机构，直接用于茶农的培训。

不想让自己掉进滚烫的水中，我会引用茶农的话告诫自己。

马拉维第一位参加公平贸易运动的茶农亚历山大·凯说："这不是什么高招。"

印度的拉贾·班纳吉说："我认为公平贸易运动是基督教世界观的延伸。你观察某个人的行为，判定这个是好的，那个是坏的。好的被认为是上帝的杰作，坏的被认为是魔鬼的杰作。在这些方面，公平贸易被认为是公平的，因为它迎合了相信公平贸易的牧师们决定和认可的XYZ参数。不过，我可以证明，仅仅遵守这些XYZ参数并不能保证交易真正公平。"

我不会拘泥于这些无聊的参数。这通常只是一种损人利己的营销策略，在推广时并没有真正关心农业社区的情况。正如我在谈到尼泊尔茶叶时提到的，有机认证过程有时也是如此。

关于调味茶的说明

我更不相信你可以用加了调味料的茶叶泡出一杯好茶。

果味袋泡茶的包装盒上可能会写着"由纯天然成分制成……不添加糖"，配料表上可能会写着"红茶、天然草莓、覆盆子、木槿花、苹果片和其他天然调味料"。

你可能并不知道配料表上写的"天然调味料"到底含什么东西，制造商也没有必要告诉你，因为它们被视为商业秘密。我们知道的一点是，这玩意儿是在实验室里发明的东西。"天然"草莓调味料中肯定没有草莓。艾里克·施洛瑟在《快餐国家》一书中说得好："天然香料和人工香料现在都在同一家化工厂生产，很少有人会把这些地方与大自然联系起来。把这些味道称为'天然'，需要对语言有灵活的态度，还要会说反话才行。"

我曾让实验室分析过一种味道像草莓糖的茶。它被装在一个漂亮的罐子里，制造商是法国一家著名的茶叶公司。我想知道它为什么会这么甜。实验室人员发现，甜味来自喷洒在茶叶上的果糖。他们告诉我，这是完全可以接受的，并且是合法的。其配料表上确实提到了里面含有水果，这证明了水果衍生糖的合法性。但这种做法是在耍滑头。茶的味道怎么样？一位实验室的工作人员很明白地告诉我："如果你把一块干草莓放在热水里，水尝起来不会有草莓糖的味道。"想有草莓糖的味道，你必须用有草莓甜味的调味料才行。

调味料也会掩盖劣质茶叶的味道。如果我说这些水果和漂亮的花朵是为了分散我们的注意力，迷惑我们，让我们产生一种安全感，觉得调味茶既好喝又是纯天然的，还好看，可能说得不算过分。这样还能增加茶的重量。

我宁愿喝没有任何添加剂的纯茶或香草茶。我想知道杯子里有哪些东西。如果茶里没有那些黏糊糊、臭烘烘的东西，我会更开心。我在一个地方见过往茶里添加调味料的做法，我在那里调配过茶。这种调味茶被装进了成本高昂的罐子里，可笑的是，这些调味料却很便宜。

当然，并不是所有的调味茶都上不了台面，也有例外，比如伯爵茶。这是因为它是通过添加纯精油来调味的，而不是掩盖茶本身的味道。我并不是说俄罗斯人不应该在茶里加果酱，也不是说英国人不应该往茶里加牛奶和糖。这些都不算添加剂。你尝一尝就知道它们是什么了。

我以前常常称赞法国人不往酒里放调味料的行为，那他们为什么要往茶里放调味料呢？后来我喝了一杯皇家基尔酒，那是一种掺了少量黑醋栗糖浆的香槟。黑醋栗糖浆由黑醋栗、酒精和糖制成。它不是在实验室里制造的调味料或黏稠物质，如果它能使香槟的味道变得更好，我又有什么好争论的呢？我最终停止了抱怨，想出了一个解决办法。

如果你想喝水果茶，为什么不喝真正的水果茶呢？于是，我们开始和一个叫斯凯·克拉克内尔的果酱制造商一起制作糖浆。她在伦敦有一家很出色的公司，叫英格兰果酱。她经常带着她年幼的儿子比奇·梅里韦瑟来我们办公室。你很难不爱上这样一个女人，她用沙滩和蓝天给自己金发碧眼的漂亮孩子取名①。她儿子很小的时候，我们在一旁做实验，他就在空茶叶箱里快乐地玩耍。

斯凯现在会给我做只含水果和糖的糖浆。你可以自己往茶里加糖浆，想加多少加多少。就像好的香槟能使皇家基尔酒更美味一样，茶越好喝，水果茶就越好喝。茶里没有添加

---

① 斯凯儿子的英文原名为"Beaches Merriweather"，其中"Beaches"意为沙滩，"Merriweather"意为好天气。——译者注

剂，我喝起来也开心。

以下是斯凯制作草莓糖浆的配方，你也可以试着做。

草莓糖浆

1千克草莓

300克糖

把草莓煮一煮，然后搅拌，直到把草莓搅破，流出液体为止。然后盖上锅盖，用小火慢炖。如果草莓看上去烂成一团，就表明它们煮熟了。

趁热过滤，用细布滤出汁液，让汁液自由流动。

这样就可以得到大约400~500毫升的水果高汤。把它和糖一起放回锅里，慢慢加热，搅拌使糖溶解。将糖浆加热到95℃，以确保灭菌。把这个温度的糖浆倒进瓶子，也算消毒了。如果出现气泡，在装瓶前将其撇去。

完美的茶汤

要泡出好茶，有三个要素要把控好：

1.茶水比例

2.水温

3.浸泡时间

书里提到的每一种茶，我都说明了我认为最好的茶水比例、水温和浸泡时间。但这些只是我个人的喜好，并不是固定的标准。你可以根据自己的喜好随意更改。

茶水比例

首先，你需要根据一定比例把茶叶倒入茶壶里。通常，一茶杯放入2~2.5克茶叶：碎叶茶大约一茶匙，全叶茶大约一汤匙。如果你像我一样追求完美，也可以用高度校准的以毫克为单位的秤进行称重。这种秤很容易买到，卖厨房用具或药品器具的地方都有。这听起来可能有点儿挑剔，却是明智的。你越了解每片叶子的重量，就越容易把它泡好。多称几次，你就有感觉了，就像调酒师一样，能做到随意倒酒，而不必借助工具。

为了泡出更浓的味道，就要放入更多的茶叶，而不是仅仅延长浸泡时间。最好的味道溶解得相对较快。你放的茶叶越多，茶的味道就越浓。浸泡时间过久，只会提取出更多的单宁，茶汤也会变得更苦，而不是更浓。

不要把茶壶装满水，要根据茶水比例选择适当的水量。适量的茶需要适量的水。每2.5克茶叶通常只需要150毫升水（一茶杯的量）。你可以用杯子测量从水壶倒进茶壶里的水。

做蛋糕时，我们要按配方来，不能随意添加面粉，也不能随意打几个蛋。当然，你也可以不这样做，但如果比例不对，你就不太可能做出美味的蛋糕。

泡一杯好茶
茶叶：散茶VS袋泡茶

水温

水越热，茶汤里的单宁含量就越高。

单宁溶于100℃的沸水，但优质散装茶更柔和、更甜的口感则来自茶叶中溶解点更低的物质。每种茶的多酚、氨基酸和挥发物对温度的反应都不同。鉴于茶叶复杂的化学结构，你需要精确地提取你想要的味道。

如果你要在红茶中加入牛奶，就需要更多的单宁来平衡牛奶蛋白，所以用来泡茶的水差不多达到沸点即可。除此之外，对于任何茶叶和甘菊花等香草，应使用较低的水温来带出更甜、更细腻的味道。有个情况很特殊，是个例外——袋泡茶确实需要用沸水来释放味道，否则茶汤就会色泽灰暗、淡而无味。

市面上有一些功能强大的控温水壶。但是，如果你并没有足够的资金买这样一个花哨的东西，或者你根本信不过这玩意儿，别担心，你可以通过在沸水中加入冷水的办法来控制水温。你把茶叶放入茶壶里，倒一点儿冷水到壶里，然后再倒入沸水。这个方法简单有效，如果你使用过一次烹饪温度计——测量达到理想温度所需的热水和冷水的量——很容易重复使用。

这里有一个使用标准的容量为150毫升的茶杯的简单教程。我希望你不要认为我是在用一种居高临下的态度给你上课，我只是觉得一些概念用视觉表达更容易理解。

要泡一杯茶，首先量出茶叶倒入茶壶中，每杯茶需要

泅：茶 的 奇 遇

2.5克茶叶。对于整片茶叶或较大的茶叶，大概是一甜点匙的量。对于较小的茶叶或碎叶，大概是一茶匙的量。

如果用70℃的水泡绿茶或白茶，在茶壶中加入50毫升冷水，也就是四甜点匙的量。有时我会倒入半个蛋杯的冷水。

然后，从水壶里倒入100毫升开水，也就是2/3杯的量。

如果用85℃的水冲泡不加牛奶的红茶，或者已经泡开的乌龙茶，首先要倒入25毫升冷水（两甜点匙），然后加125毫升开水。

如果是揉捻好的乌龙茶，我开始时会把水加热至95℃，然后让它自然冷却，用于之后的浸泡。第一次浸泡时，加一甜点匙的冷水即可。

加牛奶的香草（洋甘菊除外）茶和红茶用100℃的水冲泡，味道很不错。

向茶壶中倒入适量的热水。可以用杯子量水，一杯水泡一杯茶，这样比例正好。

浸泡时间

浸泡时间短，茶香甜可口；浸泡时间越长，茶就越苦涩。浸泡时间过久，茶叶就会释放出更多的单宁。单宁需要时间和高温才能溶解。

较高的茶水比例会加快这个进程。如果我要为一位厨师泡茶，而他和其他厨师一样忙得不可开交，我就会往茶壶里多放些茶叶。茶很快就会释放出浓郁的味道，只需几秒钟。

即使水温较低，也能喝到一杯美味的茶——如果我足够小心，倒入的茶叶的量正合适的话。

较低的水温通常需要较长的浸泡时间，但会泡出更甜、更细腻的味道。用70℃的水泡白茶需要1~5分钟，具体时间取决于你想要的味道，但你可以放入更多的茶叶加快冲泡的速度。

好茶叶的冲泡速度比你想象的要快。必须浸泡很长一段时间才有味道的想法，其实针对的是没什么味道的廉价茶叶，或者在大茶壶里放少量茶叶的情况。比如不加牛奶的上等伯爵茶，浸泡45秒~1分钟，味道就非常好。即使想让茶味更浓郁，以平衡牛奶的味道，浸泡时间也不会超过2分钟。如果浸泡时间过长，单宁的味道就会盖过细腻的茶味。香味还在，但是被苦味掩盖了。

多次浸泡

只要茶汤达到了你想要的浓度，就要将茶汤滤出。如果你想再喝一杯，只需把茶壶装满水就可以了。第二杯会比第一杯更美味。每一次浸泡，水都会更深地渗透进叶子中，味道会发生改变，变得更美味。

倒茶时一定要小心。在中国，人们把从壶嘴流出的最后一滴茶叫作"黄金一滴"。只有把茶叶滤干，才算结束浸泡。如果茶叶上还残留有水分，它就会继续散发味道，并最终释放出单宁。但如果你把茶壶里的水排干，浸泡就会停止，茶叶就可以继续下一次浸泡了。

想象一下，你的餐桌上摆放着最完美的牛排，它来自一种稀有品种的奶牛。奶牛在郁郁葱葱的绿色田野上被悉心饲养，被人用橡实喂食，饲养工人还经常轻轻抚摩它前额的毛发。它被小心翼翼地人道宰杀后，悬挂的时间恰到好处，就会拥有完美的味道。你想品尝半熟的牛排，一位世界闻名的厨师为你烹饪。他用心地烹制这道菜，一切都是那么完美无瑕。端上桌前，厨师会把牛排切成两半，一半端给你，另一半留在煎锅里。前半块牛排非常美味，鲜嫩多汁，让人忍不住热泪盈眶。

如果你是素食主义者，想象一下一捆蒸得刚好的芦笋，那是春天第一批钻出来的嫩芽。芦笋蒸软后一半会被端上桌，另一半留在蒸锅中。

你吃了前半块牛排，或者吃了先端上桌的那半捆芦笋，剩下的那一半就没那么好吃了。时间久了，牛排硬得像皮革，芦笋被蒸成了糊状。

留在茶壶中的茶也是如此，泡得太久就不好喝了。

但如果你在完美的时间点停止浸泡，就可以重复冲泡茶叶。味道的变化真的很奇妙，茶叶每次都会释放出不同的味道。第二遍或第三遍冲泡的绿茶往往是最美味的，比第一遍冲泡的效果要好得多。如果是乌龙茶，可能第五遍的味道是最好的。

你投入的爱和关怀越多，茶就能泡得越好喝。

致谢

　　我想感谢每一个给予我爱和善意的人——我真的太害怕会漏掉某个该感谢的人。你们是了解我的，我真是太傻了。对不起，请原谅我。我爱你们。谢谢你们。

　　我非常感谢把这本书翻看到这里的读者。如果我能再花几年时间写这本书，我可能会把它写得更好，更有说服力。但为了我认识和喜爱的茶农的未来，为了让你们体验到喝茶的乐趣，我必须尽快把书写好。现在就等你们阅读了。